おかしな転生

XIV

空飛ぶチョコレート・パイ
~Pie in the sky~

古流 望
NOZOMU KORYU

TOブックス

モルテールン家

ペイストリー
末っ子。領主代理。寄宿士官学校の教導員を兼任中。最高のお菓子作りを夢見る。

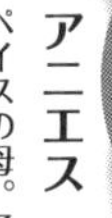

アニエス
ペイスの母。子供たちを溺愛する子煩悩な性格。

カセロール
ペイスの父にして領主。息子のしでかす騒動に悪戦苦闘の毎日。

ジョゼフィーネ
五女。ペイスの一番下の姉。現在嫁入り修行中。

リコリス
フバーレク辺境伯家の四女。ペイスと結婚。ペトラとは双子。引っ込み思案な性格。

モルテールン領の人々

シイツ
モルテールン領の私兵団長にして、従士長。

デココ
元行商人。モルテールン家お抱えのナータ商会を運営している。

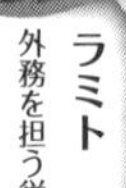

ラミト
外務を担う従士。期待の若手。

ニコロ
財務担当官。金庫を任される苦労人。

スラヴォミール
農政担当官。アライグマ系男子。

CHARAC

レーテシュ家

セルジャン
オーリヨン伯爵家の次男。レーテシュ伯と結婚した。

レーテシュ
王国屈指の大領地を治める女傑。三つ子の娘たちを出産した。

聖国

ビターテイスト
聖国一の魔法使い。真面目な堅物でお菓子が苦手。ペイスの天敵となる。

リジィ
年若い聖国の魔法使い。能力の相性からビターとセットにされる。じゃじゃ馬娘。

ボンビーノ子爵家

ウランタ
ペイスと同い年ながらボンビーノ家の当主。ジョゼフィーネに首ったけ。

カドレチェク家

スクヮーレ
カドレチェク公爵家嫡孫。垂れ目がちでおっとりとした青年。ペトラと結婚した。

ペトラ
フバーレク家の三女でリコリスの双子の姉。スクヮーレと結婚した。明るくて社交的な美人。

コウェンバール伯爵家

コウェンバール伯爵
外務閥の重鎮。カドレチェク公爵とは、時に手を結ぶ盟友、時に暗闘を繰り広げる政敵。

ハースキヴィ準男爵家

ハンス
当主。軍家の有望株で、アウトドア派の好青年。

ヴィルヴェ
ハンスの妻。モルテールン家の長女。通称「ビビ」。

オリバー
養女。ペイスと同じ年の頃。

プローホル
新人従士。ペイスの元教え子で首席卒業者。

王立ハバルネクス記念研究所の人々

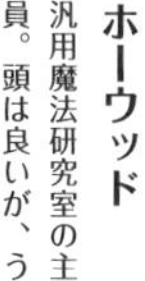

ホーウッド
汎用魔法研究室の主任研究員。頭は良いが、うだつが上がらない。

デジデリオ
新人研究員。吃音がちなペイスの元教え子。

CONTENTS

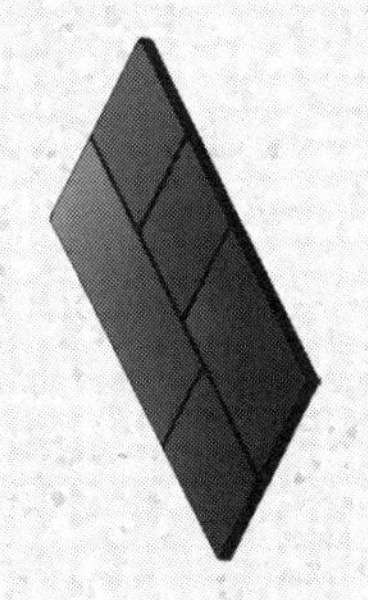

TREAT OF REINCARNATION

イラスト:珠梨やすゆき YASUYUKI SYURI
デザイン:ヴェイア Veia

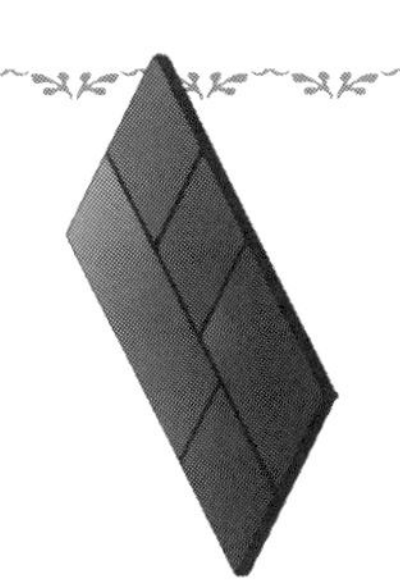

第二十五章

空飛ぶチョコレート・パイ

プロローグ　久しぶりの邂逅

天高く馬肥ゆる秋。程よく吹く風に涼しさを覚え、降り注ぐ陽光に温かさを感じる。丁度いいという言葉が、左右が釣り合った天秤（てんびん）の如くぴたりとバランスを取る。

暑さも和らぎ始める白上月。今日のように秋晴れの日は、のんびりと外に出てピクニックというのも悪くない。

王立研究所研究員デジデリオは、気分よく母校を訪ねていた。

「先輩、お久しぶりです!!」

デジデリオが母校を卒業してからまだ一年ほど。後輩たちの多くは、まだ先輩の顔を覚えている。士官学校卒業生としては背の低めな青年は、在学中に色々と〝副業〟をしていたこともあり、後輩たちには特に知られている人物でもあった。

かつての後輩たちが自分に敬礼してくる様を見て、略式の答礼を返すのも面映（おもは）ゆいものがある。つい、頑張れよなどと先輩風を吹かせてしまいそうだ。青年は、後輩たちを横目に目的地に急ぐ。

校内の中で、最も面積の広い場所が、屋外訓練場である。運動場のようなだだっ広い場所で、ようは只の更地だ。

体力がものを言う軍人を育てる学校として、最も使用頻度の高い施設でもある屋外訓練場は、どこの建物からも行き来しやすいよう設計されている。普通の学校ならば校舎を基準にして運動場は従であるが、寄宿士官学校では訓練場が主であり、校舎のほうがオマケなのだ。建物が訓練場を囲む形の敷地配置となっている。

つまり訓練場を通るのが、大抵の目的地にとって一番の近道になると、卒業生なら体で覚えているわけだ。

今日も今日とて、ほぼ無意識に訓練場に向かっていたところで、懐かしい声が聞こえてきた。

「そこ、手が止まってますよ!!」

「「はい、モルテールン教官!!」」

「疲れた時こそ無駄なく動くことを意識するように」

「「はい!!」」

黙っていれば実に過ごしやすい気候にもかかわらず、大声を張り上げているのはペイストリー＝ミル＝モルテールン。モルテールン男爵家次期後継の長子であり、神王国寄宿士官学校で教導役を担う俊英（しゅんえい）。青銀の髪に母親似の女顔であるが、体つきは引き締まり、立ち居振る舞いには古豪（ここう）の風格さえ漂う。

デジデリオは、頼もしき恩師の姿を見つけると声を掛けた。

「教官」

士官教育を受けた人間の端くれとして、腹から声を出すデジデリオ。つい背筋を伸ばしてしまうのは、訓練で染みついた癖と言うべきだろう。

聞き覚えのある声だったからか、すぐにペイスは呼ばれた方に顔を向けた。

「おや、デジデリオ＝ハーボンチ卿。今日はどうしました？」

元教え子を確認したペイスは、鬼教官の顔から優し気な顔になる。名物教官はあくまで学校内での立場であって、普段は自称温厚な一般人だ。

デジデリオが恩師に対し正式な軍式敬礼をすると、ペイスもそれに答礼する。

礼をしつつ尋ねたペイスの質問には、青年も気楽に答えた。

「す、少し、学校に用事がありまして。教官は何を？」

「……甘えた子供を躾直しています」

ペイスの目線の先には、十人程の学生の姿があった。皆、今年入ったばかりの新入生であろう。

木剣を使った、休みなしの連続組手。地稽古の一環であるが、力量が同じような者同士が手加減無しで戦うと、とにかく尋常でない程疲労する。手加減や力配分というものが出来ないからだ。常に全力を出し続けなければならない相手との組手。これは疲れる。

更にはそれを休みなしで続けるとなると、体力を丸ごと絞り切るぐらいの有様となり、終わった時には指一本動かすのすら億劫になる、地獄の稽古だ。

スパルタ教育がモットーのモルテールン流教育においては特に珍しい稽古ではないのだが、慣れないうちは辛さのあまり泣き出す学生が居るほどである。

ああ、自分も通った道だ、あれ辛いんだよなと、デジデリオは温かい目を学生たちに向けた。

「しかし、教官は今、が、学生への直接指導からは退いていたのでは？」

ふと、デジデリオが思い出す。ペイスは以前〝やり過ぎた〟ことから、学生を直接受け持って教えることを暗に避けるよう言われていたはずなのだ。

「うちから入学した二名に、例の飴の件で不祥事がありまして」

ペイスが、小声でひそひそと喋る。

「罰も与えましたし、今後も厳しく指導して頂くよう他の教官方にはお願いしているのですが、それ以前の問題として、何かあっても誰かが守ってくれるだろう、という甘えた意識を変えねばなりません。軍人としての教育ならともかく、この手の意識改革については、他に出来る人が居ない」

「はあ」

ペイスの言う二名とは、マルクことマルカルロと、ルミことルミニートの悪戯ペアである。つまみ食いと建造物侵入の常習犯だった過去があり、それを含めて性根を叩き直し、礼儀作法を身体に染みつかせるための修業が今ということらしい。

「だから、これは指導というより、懲罰の一環です。一見そのように見えたとしても、あくまで指導ではなく罰ですね。罰なのだから厳しくやって当然ですし、他の教官の手を煩わせるに忍びない、という話です」

「屁理屈のような……」

学生の指導は遠慮して欲しいと言われているペイスが、指導ではなく懲罰を行うのは有りなのだろうか。微妙なところだろうが、こういう点で言い訳をさせたらぴか一なのが少年教官である。彼の少年のしたたかさを知るデジデリオは、心配する必要も無いと勝手に納得した。

「あと、貴族的な、間違った特権意識を持っていた子達の中で、特に酷い者もついでに矯正中です。というより、此方が校長からの依頼である本義であって、例の二人の教育は、こっそり紛れ込ませたオマケですね」

寄宿士官学校は貴族子弟の為の学校。集まる学生は、当然ながら貴族の子だ。だからこそ、驕りや傲慢さを見せる学生も居る。

特に領地貴族の子弟などはその傾向が顕著だ。

領地貴族であれば、封地に居る時は絶対権力者である。その土地において、やろうと思えば何だって出来るのだから。

立法権、行政権、裁判権、外交権、財産権、全て領地貴族の好き勝手に出来る。彼らを罰する上位存在は、領地内に存在しない。

だからと言って苛政を敷けば、不利益を被るのは結局領地貴族自身であるのだが、自分たちは何でも思い通りに出来る存在なのだと勘違いしがちな環境でもある。幼く未熟な時期であれば、尚更この手の思い込みをしやすい。

親が偉いだけなのに、自分も偉そうにする子供。これは、どうしても一定数存在してしまう、貴族の学校のジレンマだ。

そして、自らに付属する権力や地位が高いものであると、自分の能力さえ高いものであると誤解しがちである。

偉さと強さと賢さはそれぞれ別のものであるのだが、未熟なうちは、よくこれを混同してしまう。

自分の足が速いわけでもないのに、身分が下の人間が前を走っていれば不機嫌になるタイプ。自分は偉いのだから、常に称賛されるべきと考える、我儘な餓鬼(がき)だ。

毎年のことではあるのだが、この手の〝プライドだけは一人前〟な連中に対し、鼻っ柱をへし折ることから教育は始まる。やり方はその時々によって違うが、基本は同じ。

今年のやり方は、校長が主導した。

軍務系の校長が居た時には腕力的な実力行使でもって鼻っ柱をへし折っていたし、内務系の校長が居た時は口撃と論戦によって心を折っていた。殴られるのも辛かろうが、出来ないことを延々と責められ続けるのも酷である。

ならば今年はと言えば、とにかく理性的にことを為すべきだという方針があった。去年は就任早々であまり大きく教育内容を変えられなかった分、今年こそは自分のカラーを出していきたい、というのが現校長の想いだ。

駄目なことが何故駄目なのか、何が悪いのか、懇切丁寧に説明する、というのがその方針。

士官学校のエリート達は、なんだかんだ言っても賢い。大多数は、理路整然と理非曲直を諭せば理解し、反省も出来る。校長の方針は、極一部の例外を除いて成功と言える結果を出した。

ところが、この極一部が問題となってくる。

教官達が一生懸命に道理を説き、何とか矯正しようと試みたものの、一向に態度を改めない学生が、僅かに数人居たのだ。

寄宿士官学校の教官と言えば、実力や実績を買われて職に就いた者も多い。実績を積むということは、実際の戦いの現場で最前線に近いところに居たということ。つまりは、身分的には低いことを意味する。多くの教官が似たり寄ったりの環境である。

怪我や病気、或いは加齢で第一線を退くことになった者や、望んで後進の指導にあたる者の中には身分の比較的高い者も居るが、そんな人間など学内では少数派だ。身分の高い、実績豊かな実力派軍人など、それこそ軍上層部が喉から手が出るほど欲しがるのだから。まかり間違って教官の職に就いたとしても、何かにつけて引き抜かれることになる。

身分が低い人間が、幾ら身分と実力の別を説いたところで、身分を笠に着ている学生の心に届かない。

苦心した校長は、自らの懐刀を取り出した。誰あろう、ペイスだ。

校長の掲げる『視野の広い学生の育成』について深い理解と知識があり、当人の能力や功績については文句のつけようもなく、父親の英名は世に高く、おまけに学生達と年も近い。

そこで、ペイスに対して校長から「高慢さの治らない高位貴族子弟の矯正」の依頼があったのだ。

「こ、校長の依頼ですか」

「ええ。どうしても手に負えない学生を、何とかしてほしいという依頼です。教導役として、一般教官では難しい教育を引き受けて欲しいと言われまして」

面倒なことですねとペイスは呟く。

「それが、彼らですか」

「ええ。一番身分の高い者で侯爵家の長子。低い者でも子爵家です。皆、揃いも揃って家の権力を笠に着るものですから、一度しっかり教育してやって欲しいと」

「大変そうですね」

「いえいえ。去年のことを思えば楽なものです」

「あはは……」

他ならぬ去年の卒業生で、ペイスに担当してもらっていたデジデリオは苦笑いだ。問題児であったと言われるなら、言い訳出来ないぐらいアレな面々だったのだから。

デジデリオ達去年の教え子が、教官の実力を試すとして、初対面早々いきなり喧嘩を吹っ掛けて襲い掛かったことを思えば、妙な特権意識を持っているぐらいは可愛いものかもしれない。集まっていた連中も劣等生ばかりだったのだから、面倒を掛けた数はかなり多いはずだ。

少なくとも、大変さの度合いで言うなら甲乙つけがたいだろう。

「それにしてもどうやってあんな真面目にしたんですか？」

デジデリオの見るところ、学生達はかなり真面目に訓練しているように見える。高慢さというなら、あそこまでハードな訓練は嫌がってもおかしくない。

「簡単です。陛下の前に引きずり出しました。地位で威張りだす連中なら、彼らより更に上の地位から問答無用で叱ってもらうのが、一番手っ取り早く簡単でしょう？」

「陛下って、国王陛下ですか!?」

よりにもよって、とんでもない相手が出てきたものである。

この国のトップの前にいきなり連れていかれて、叱られる学生たちの胸中は察して余りある。

「他に居ますか？」

「幾らなんでもそんなことで……」

「陛下には父様も僕も少々貸しがありまして。返してもらえるうちにと要望を伝えたのです。陛下も僕に会ってみたかったそうで、かなり早くに謁見が叶いました。言葉を交わしたのは僕だけでしたが、陛下の前では皆大人しくなってましてね。教官の言うことを良く聞き、学友と親しんで切磋琢磨し、真面目に勉学と訓練に励むようにとのお言葉を賜った後は、それはもう模範生です」

「ははあ……」

デジデリオには、呆れの溜息しか出なかった。

権力のトップに居る人間が、直接声を掛けたのだ。その内容を軽んじるならば、最悪は不敬罪で死刑ものである。

たかが学生の躾に、国の最高権力者を引っ張り出そうと考えるのも異常だが、実現できてしまうだけの人脈とコネと実力もまた異常だ。

「で、ついでなので地位に拘（こだわ）らないようになる訓練、という名目でルミとマルクを放り込みました。二人にとっても、決して粗相の出来ない相手で、少なからず好ましからざる相手と仲良くするという訓練になります。両者に意義の有る訓練ですね」

従士家出身の平民というルミとマルクには、高位貴族に対して失礼にならないよう接する訓練。高位貴族出身の学生達には、身分の上下で実力を判断しないようにする訓練。どちらにとっても意義は有るのだろうが、一歩間違えれば大騒動になりかねない。

毎年寄宿士官学校で起きるトラブルの何割かは、身分の上下を問わないルールを破ることで起きる。問題を起こすのが上下どちらのパターンでも。

つまり、今の訓練状況は爆弾でお手玉しているような状況であり、よほど扱いに自信が無ければできない訓練である。

流石はモルテールン教官と、デジデリオは感心すること頻(しき)りだ。

「ところで、貴方は何故学校に？」

そんな事情はさておき、ようやくペイスが、元教え子が学校に居る違和感に言及した。

「じ、実は、採用活動の一環でして。王立研究所では一番最近の若手ということもあり、先輩として有望な人材を、か、勧誘して来いと言われています」

寄宿士官学校は、神王国において唯一の国立高等教育機関。だからこそ、より優秀な人間の中には天才と呼ばれるような者も交じっている。また、天才とまではいかずとも、誰が見ても優秀と呼べる秀才は相当数存在する。

学術研究機関としてはこれらの才能を是非欲しいと望んでいるわけで、最も在校生と近しい研究員が、母校を訪ねて勧誘して回るのは一種の伝統である。

「なるほど、OB訪問ですか……ふむ、利用できないものか」

ペイスの不穏な一言に、デジデリオは困惑する。

「い、一応採用は研究所として一括で行うので、採用後の配属は所長預かりですよ？」

「むむ、汎用研に優秀な人間を引っ張ってこれませんか？」

「難しいと思います。最近は〝成果を出せていない〟こともあって、取り潰しの噂も流れていますし」

汎用研は魔法研究を行う研究室であるが、ここ一年ほどはめっきり成果を出せていない。というより、ペイスとゆかいな仲間たちの思惑によって、意図的に成果を隠蔽されている。

これで優秀な人間を寄越せといったところで、土台無理な話というものだ。

「……取り潰されたら、主任と貴方はうちで厚遇しますから安心してください。出来る限り、自然な形で退職してもらえれば、うちとしても大変に助かりますから」

「そうなりますか？」

「なるように、工作しています。実は、ここ最近ちょっかいを掛けてきている家がありまして。そこがどうやら我が家を目の敵にして足を引っ張ろうとしてきたので、逆に利用してやろうと思っています」

「逆に利用？」

「汎用研で〝成果が出るかも〟と噂を流しています。その上で、うちの伝手を使って、有名どころの魔法使いを雇う……という打診を入れました。先方にバレる程度に秘密裏に」

「なるほど」

ペイスは、こっそり隠れて、の態を装って、モルテールン家と親しいカドレチェク公爵家などに魔法使いのレンタルを打診していた。さりげなく他の貴族にバレるように工作した上で。

足を引っ張りたい連中は、これを見てどう思うか。

今まで汎用研の成果が出ていなかった理由の一つが、魔法使いの協力を得難(えに)くかったことにある。

魔法を特別にしない研究に、魔法を既得権として利益を得ている人間が協力してくれないという問題。これが解消されれば、汎用研で成果が出るようになる〝かも〟しれない。そう考える。

　モルテールン家が更なる成果を上げることを好まない連中がどう動くか。公爵家に働きかけるのか、汎用研のネガティブキャンペーンに邁進するのか。はたまた別の手を打ってくるのか。

　虚々実々の駆け引きの一環。情報戦にはめっぽう強いのがモルテールン家である。

「うちの足を引っ張りたい人間は、必ず逸(はや)るでしょうね。焦るように仕向けますから。我々に更なる手柄を立てられたくないとなれば、成果が出る前に潰してやろうと考える事でしょう。長年成果の出ていない研究室という、絶好の目標があるのです。突けば割れる泡のようなもの。つい、突きたくなるでしょう。ほんの僅かな労力で、我々は一見すれば多大の損失を被るわけですから……誘惑に抗うのは困難でしょう」

「はあ」

　ペイスは、敵方の連中には一つの傾向があるという。

　それは、合理的であるということ。

　一見すればとても良いことのように思えるが、ペイスのように策謀を逆手に取ろうと思う人間からすれば、相手の手筋が読みやすいことを意味する。

　非常に少ない労力で、より多くの成果を得られる状況が目の前にある時。あえて、労多く益少ない方を選べる合理主義者が居るだろうか。

　相手が賢く、真っ当な知性派であればあるほど、汎用研の取りつぶしに動くとペイスは断言した。

「色々と動いていますから、近々汎用研について動きが有ると思います。今からうちに来る心づもりで、準備しておいても良いと思いますよ」

二人のひそひそ話は、学生たちの声でかき消されていった。

密談1

お金が欲しい、と思ったことは無いだろうか。

貨幣経済の中に生きている人間であれば、少なからず思ったことがあるはずだ。

神王国において、裕福な家というのは基本的に貴族を指す。例外的に商家が富豪になることもあるには有るが、一定以上になることは無いだろう。

この世界においては商売には必ず有力者の後ろ盾が必要であり、利益を吸い上げられてしまう構造がある以上、貴族と商家の力関係で言えば貴族の方が圧倒的に上である。庇護者より金持ちになる被庇護者は居ない。

金持ちとはほぼイコールで貴族。

しかし、そんな裕福な貴族というものにも種類がある。

領地貴族で裕福な者。これは、単に領地の管理運営が上手な者のことだ。鉱山を持っている者などは特に美味しい。タダで有るものが、結構な金額で売れるのだから。相当なアホが経営するか、運営にコストを掛け過ぎにでもしない限り、金がザクザク湧いてくるようなものだ。一度儲かる体制が出来てしまえば、寝ていても金が入ってくるようになる。阿漕（あこぎ）な話だ。

　宮廷貴族で裕福な者。これは、職権を乱用しているか、或いは賄賂を貰っている者のことだ。神王国では、職権乱用は罪だが、賄賂は別に違法ではない。商売人の商売を物理的に保護したり、不当な扱いを受けた者の権利保護などを行ったりしたなら、当然見返りを求めるものだからだ。また、祝い事の挨拶であったりといった冠婚葬祭との見分けも付けづらい。お祝いという気持ちで人付き合いの一環で贈り物をしているのか、贈り物を名目として下心が包んであるのか。一見して区別はつかない。

　乱用せず、無茶な公私混同をしないのであれば、親しい人間や好ましい人間に便宜を図るのは職権の内。それがこの世界の常識だ。

　例えば特殊な補助金の制度が出来た時、身内だけにその補助金を配るなら公私混同だが、公平な基準を順守した上で、親しい人間に補助金の手続き方法について教えてあげるぐらいなら職権の内だろう。そして、教えてもらって得をした人間が礼を言うのも人付き合いの範疇（はんちゅう）で、御礼に一杯奢（おご）るぐらいなら常識の範疇と言える。この間はありがとうと礼状を送り、土産の一つも添えておくぐらいなら、社会的に許容される水準だ。

　便宜供与とその謝礼と言う意味では賄賂なのだが、やり過ぎない程度で、他に迷惑が掛からない分別を持っていれば、黙認されているのが常である。

　そして、目こぼしの大きさというのは、地位が上がるほど大きくなる。

供与される便宜の大きさと、それに伴う謝礼の額の増加。これが、宮廷貴族が職位や地位を欲する理由である。

外務貴族として、かなり高位に居るコウェンバール伯爵などは、自らの職権を利用して利益を得ることに長けている。

法と社会規範に抵触しない程度に便益を供与し、見返りとして謝礼や返礼を受け取り、金を稼いだところで運用し、裕福になっていく。

インサイダー取引など概念すらない社会。外務貴族として耳聡(みみざと)い伯爵が本気で資産運用を図れば、得られる利益も又膨大である。

「所長、相変わらずお元気そうですな」

「伯爵閣下もお変わりなく」

王立研究室の所長室で、コウェンバール伯爵は所長に笑顔で挨拶した。

伯爵は、ただ単に金儲けが上手いだけの人間ではない。儲けた金を気前よくばらまくことで好意を集め、金に物を言わせて情報を集め、より広範で強い人脈を形成している。

繋がった多くの人脈はより多くの富を生むわけで、人付き合いが金を産むというサイクルを体現した人物こそコウェンバール伯爵である。

今日も今日とて、色々な思惑と謀(はかりごと)をもって王立研究所を訪ねていた。

「おや、所長の着けておられるのはエメラルドですかな？」

人の観察が得意なコウェンバール伯爵が、所長の手にキラリと光る宝石を見た。

深い森を思わせる濃い、それでいて透き通る鮮やかな緑をした宝石は、エメラルドと呼ばれる宝石だろう。発色の良さや透明度から見て、相当な値打ちものだ。宝石や美術品には造詣の深い人間として、見誤ることはない。

これまで幾度か所長と会合をもっていたが、このように高級な宝石を身に着けているのは初めて。これほどに目立つものであれば、必ず気付いていたはずなのだから。

「左様です。私も立場のある人間ですから、こういった指輪の一つや二つは持っておかねばと、最近購入したのです」

伯爵に指摘され、嬉しそうに答える所長。顕示欲の強い男であるから、宝石もまた自慢げに見せびらかす。これほどの宝石であれば、研究所の一管理職と呼べる人間が、給料だけで買えるものだとは思えない。ならば、何らかの臨時収入があったはず。

ちなみに、臨時収入の元凶は、所長の目の前に今座っている男である。

「ほほう。流石は我が国随一の賢者ですな。景気がよろしいようで、羨ましい」

「いやいや、景気はさほど。ちょっとばかり珍しい相手との面会予定がありまして、止むなくといったところです。研究所を軽んじられることの無いように、保つべき体面というものでして」

「ははあ、なるほど。お偉い方々は大変ですな」

所長の言う珍しい相手とは誰であるか。コウェンバール伯爵には幾つかの候補が思い浮かんだ。

例えば、今外国からきている要人。これらは常に神王国の技術や知識を狙っているし、あわよくば自分たちで手に入れて利用したいと考えている。産業スパイとも呼ぶべき連中と言うことになるわけだが、スパイ合戦もまた国対国の見えざる戦い。暗闘の一つである。

　或いは、新興貴族。急に成長する貴族家というのは、得てして歪（いびつ）な実力を抱えがちだ。ありとあらゆる実力をバランスよく伸ばしつつ急成長する。そんなことは極めて困難だというのが世界の常識である。画期的な軍事制度を整備して軍事力を著しく伸ばすことで影響力を高めるであるとか、海上貿易でとんでもない太客を捕まえて利益を独占したであるとか、何かしら急成長の〝理由〟が有るものだ。そして、そういう何か特定の分野にのみ偏って成長した家は、どこかで頭打ちになる。或いは、急激に膨らんだ分、急激にしぼむ。これを避けようとするならば、新たな技術、未知の知見に活路を見出すというのが一つのパターンである。

　もしかしたら、王族というのもあり得る。基本的に王族が必死になって知識や技術を求めるようなことは無いのだが、例外的には後継者争いが盛り上がっている時など、より優位になるべく新技術を求めるケースもあるだろう。

　どれにしたところで、穏便な話ではない。高級な宝石が簡単に買える程度には資金援助を行っていることが伺えるのだ。そこそこな立場の人間が動いている様子だ。

　ならば、上手く煽（おだ）てて、情報を得たいのが伯爵の心情。

「いやいや、閣下ほどでは。聞けば、最近ナヌーテック国から来られた使者の方々を持て成す大役を果たされたとか」

　しかし、所長もさるもの。伯爵の意図を見抜いたうえで、話を露骨に逸らした上での情報誘導だ。研究所という隔離空間に居る以上、外の情報を欲しているのである。

「ははは、あれは親善交流の一環です。公国の方々と一緒に来られていまして、陛下に御挨拶をされたぐらいでしょう。持て成すという程のこともありませんな」

「ほう」

所長は、外交というものには疎い人種だ。しかし、幾らなんでも複数の外国の使節が揃ってやってきて、ただの挨拶だけで終わりなわけがないことぐらいは分かる。

ナヌーテックと言えば神王国に並ぶ大陸の強国。緩衝国たる公国の使節と共に来たというなら恐らく平和的な理由なのだろうが、何かしらの思惑がありそうだ。

「そうそう、外国の使者と言えば、この間ロックウェル伯爵の主催するパーティーに出向いたのですが、そこで所長の噂を聞きましたぞ」

「ほう、ロックウェル伯爵と言えば諸外国の、特に公国と強い人脈をお持ちの外務貴族ですな」

ロックウェル伯爵の名前は、社交に疎い所長でも知っている。外務閥の重鎮で、どちらかと言えば目の前のコウェンバール伯爵とは仲の悪い人間のはずだ。外務閥も一枚岩とは言い難く、細かいところで利権や主導権を派閥内でも争っている。

しかし、ここが外務閥の面白いところだが、こういった政敵とも呼べる人間同士でも、表面上はニコニコとした仲の良さをアピールするのだ。世の中、敵の敵は味方という言葉もある。常に諸外国という仮想敵を相手にする外務閥にとって、同じ外務貴族は敵の敵であり続ける。潜在的に競争相手であると同時に、常に協力関係を模索できる味方でもあるのだ。

謀を共謀する相手としては、持って来いということでもある。

「然り。北部貴族の多くは、直接公国とやり取りすることが躊躇われることについて、ロックウェル伯爵を通すことが多い。外務閥の重鎮中の重鎮であられる方です。公国の方々が来られたわけで、賓客の接遇は我らの仕事。伯の招待客は勿論公国の関係者が多かったのですが……そこで研究所のことが話題になりましてな」

「ほう」

「何でも、研究所を大胆に改革されるとか」

「……何ですと？」

研究所の改革。それは、勿論所長の同意無しに出来る話ではない。しかし、当の研究所トップは改革など考えても居なかった。勿論、必要に応じて変えるべきは変えるという気持ちは有るものの、最も望ましいのは現状維持である。自分がトップに居て、色々と美味しい思いが出来て、それなりに敬意を払ってもらえる立場。これを守り続けるのが大事だ。改革などと言う話は、基本的には現状に不満のある人間が言い出すこと。

一体どこからそんな話が出たのかと、所長は前のめりで話を聞こうとした。

「成果の挙がらぬ研究室を廃止し、より有用な研究室にこれまで以上に手厚い待遇を与える、などという内容でしたか」

「事実無根の内容ですな。そのような事実はありません」

どんな研究室であれ、どこかを廃止するということは、先例を作ってしまうことになる。あれが潰されたのだから、こっちが残っているのはおかしい、という議論を生じさせてしまう。

出来る事なら今あるものはそのままに、変化が必要な、或いは新たな研究が必要とされるのならば、研究室の新設という形が望ましい。勿論、予算もそれに応じてアップだ。今までのものに手を付けず、建て増しを続ける研究機関。少なくとも当代までの所長たちは皆、そのようにして研究所を運営してきた。

「左様ですか。まあ噂などというのはいい加減なものですからな。私なども時折不確かな伝聞で喚く輩の相手をすることもありますから、あの手の出鱈目な噂話を吹聴する連中はけしからんと思っております」

「そうですか」

噂の否定。つまり所長は、研究所を改革するつもりなど無い、と答えた。コウェンバール伯爵は、自分の持ち込んだ話を全否定されたにもかかわらず、平然としている。むしろ、これからが話の本題だったのだろう。

「しかし、この噂が流れたのが、公の場だったというのが気になりましてな」

ずいっと身を乗り出した伯爵。先ほどまでとは身を乗り出している人間が逆になっている。

「と言いますと」

「今の時期は、宮廷の方でも予算について侃々諤々(かんかんがくがく)の議論が行われる。些細な噂であっても、利用しようとする輩は少なからずいるでしょう」

「そうでしょうな」

「特に、私の聞き及んでいる話ですと、今年は軍務閥の、特に中央軍に予算配分が偏りそうだということです」

近年、予算折衝の際は軍部に配分が偏りつつあるというのが、宮廷内部での専らの見方だ。限られた予算を奪い合うわけだから、そこには貴族同士の力関係が如実に表れる。

つまり、ここ最近は軍部に属する人間たちの影響力が増大しているということだ。中心には、カドレチェク家を筆頭とする中央軍部の影響力増大と団結にあるというのが伯爵の推測するところである。

「軍に、ですか？」

「先だって中央軍の再編が為されたこともあったのでしょうが、カドレチェク公爵子の下に団結も固く、今年の予算はかなり手厚くなるのではないか、というのが我々の見方です」

「ほう、羨ましい話ですな」

予算は多ければ多いほど良い。特に、研究などというものは、金が有れば有っただけ使い道が出てくるものなのだ。

金を得るためには良い研究をして良い成果を出さねばならないが、良い研究をする為にはお金がかかる。卵が先か鶏が先かという話だが、金が有るに越したことは無い。

「そこで、何処が割を食うかという事になりましょうが……ここで先の噂ですな。これの対応を所長はなさるべきでしょう」

「どういう意味でしょう」

如何にも善人面をし、心配そうな姿勢を見せる伯爵。ここら辺の演技は流石と言わざるを得ない。

予算は有限である以上、何処かが予算を増やされる時、何処かの予算は減らされる。割を食うという言葉の意味は明らかだ。

「公の場で、改革を噂された研究所が、いざ予算の時になると今まで通りを要求する。これが他の者達の目にどう映るのか……」

公の場で発言させたのは、恐らく目の前の伯爵だろう。推測でしかないが、恐らくそうだろう。しかし、第三者に発言させているだけたちが悪い。

いったい何を考えているのか。思惑が何処にあるのか。所長は、目の前の男の真意を測ろうとする。

「予算の為に、不必要な研究室を庇っている、とでも？」

「私はそうは思いませんが、少なからずそのような意見も出るでしょう。前年度並みに予算を貰いたいがために、組織を不必要に肥大化させているのではないか……と。これに対する反論は、今のうちに用意しておかれた方が良い」

予算の獲得合戦では、足の引っ張り合いが横行する。少なくとも公に改革の是非を議論された組織が、予算申請の時に前年度並みを求めたならばどうなるか。これは足を引っ張ってくれと宣伝しているようなものだ。

「なるほど」

「……研究所の中でも、一つぐらいは、成果の挙がらない研究室がありましょう。そこを、何も潰せとは言いません。予算を削り、他の成長部門に手厚くした、という格好(ポーズ)だけでも、取るのが上策だろうと愚考いたします」

「貴重な助言を頂き、ありがたいですな」

自分たちで噂を撒いて火をつけておいて、親切そうに火消しの助言をする。

これを世間ではマッチポンプと言う。

「いやいや、こういった社交の噂といった無分別なものとは縁遠い、高尚なお立場に居られる所長をお助けするのも、我々の仕事と思っています。長々とお邪魔しました。これからも所長とは手を携えていきたいものですな」

「今後とも、どうぞよろしく」

何をしたかったのか、結局忠告をしに来ただけという形で、コウェンバール伯爵は研究所を後にする。

そして後日、所長の下に意外な人物が現れた。

密談2

神王国の歴史は、南大陸全体から見れば新しい。歴史の長いナヌーテック国辺りと比べるなら、精々が三分の一程だろう。

都市国家として誕生したこの国は、当時としては画期的であった専業軍人による常備軍を持ち、精強無比と言われたそれをもって僅かな間に周辺国家を併呑し、拡大していった。神王国が騎士の国と呼ばれる所以ゆえんである。

しかし、全員が全員、この都市国家に所縁が有る者かといえばそうではない。国家が膨張していく過程で、元々独立国であったものが外交交渉や軍事行動の結果傘下に入り、神王国の爵位を与えられるようになった例が存在する。

ベンチャー企業が新技術や画期的なビジネスモデルで業績を急拡大し、昔からあった他所の会社を吸収合併し、元々の経営陣を重役として迎え入れたようなものだ。敵対的か友好的か外交的かはともかく、現代でも珍しい話ではないだろう。

友好的に外交交渉で傘下に収まった。その代表的な例がレーテシュ伯爵家である。

元々、一つの国と呼べるほどの独立性を持っていた地方勢力が、神王国の膨張の圧力を受けて降り、臣下の礼を取ることで伯爵位を授けられた。傘下に下る前から周辺海域を荒らし回っていた武闘派であり、海賊伯とも呼ばれるレーテシュ伯爵家の歴史の始まりだ。

レーテシュ領独自の通貨を発行する貨幣鋳造権であったり、他の伯爵家に比して規模の大きい軍隊を許されていること、或いは一部の外交においては独自裁量が認められていたりすることなどは、独立国家であった時の名残であり、レーテシュ家当主が王の地位という名を捨ててでも守ってきた実益だ。交易と貿易と略奪で成り立つレーテシュ家は、体面よりも利益の確保を優先したということ。理想や体面よりも実益という家風は、今尚残るレーテシュ家の風土である。

「ご無沙汰を致しております」

王立研究所を訪ねたのは、レーテシュ家当代当主ブリオシュ＝サルグレット＝ミル＝レーテシュ。

自称年齢は何故かここ数年来ずっと二十八歳であり、年齢不詳ながら三児の母でもある妙齢の美女だ。美醜の区別は人の主観によるものではあるが、少なくとも、彼女に対して容姿を貶すような人間は神王国には存在しない。過去存在したとしても今は存在していない。物理的に。

国内屈指の金満家であると同時に、一声掛けるだけで神王国南部の貴族を動員できる実力を持つ、南部貴族の取りまとめ役。

諸外国にも広く名前を知られた女傑であり、同時に領地から出ることが稀な人物でもあった。

それ故、珍しい来客であると王立研究所の所長は張り切っていて、これでもかと言う程着飾っている。勿論宝石もたんまりと身に着けていて、身柄を攫(さら)えば一財産になるだろう。

会合が海の上でないことに、所長は感謝すべきである。

「これはレーテシュ伯。よくぞお越し下さいました。閣下がお越し下さるだけで、研究所が華やぎますな」

超が付くほどの大金持ちでありながら、滅多に王都に来ることの無いレーテシュ伯相手に、所長は揉み手ですり寄る。

レーテシュ伯は、現時点でも一応幾つかの研究にパトロンとして付いているわけだが、最近はレーテシュ家も羽振りがいいと聞いている。ならば、今まで以上の投資や寄付を期待できるというもの。ごまを擂(す)って金が出て来るなら、幾らでも擂る。おべっかを使って寄付の確率が上がるのならば、たとえ猿でも絶世の美人というのがこの場の常識。

女性が少ない職場にレーテシュ伯が来たのなら、研究所全体が華やぐと持ち上げた。

「あら、そうですか。所長とはもう十年ぶりぐらいになるかしら。お久しぶりですわ」

「本当に久しぶりです。以前お会いしたのは確か、私の研究成果をご所望になられた時でしたな」

所長も、かつては研究者としてとある研究室に所属していた。魔法が専門の魔法学者であったが、研究成果と言うよりは、他人のふんどしと世渡りの上手さで今の地位にいる。研究者として無能ではなかったが、飛躍的なアイデアを出せるような奇抜さもない。研究者としての能力だけを見れば、彼以上に優れた研究者は大勢いるが、不思議なことに今は彼がトップに居る。

「ええ。画期的な御研究でしたので、是非詳しくお聞きしたかったものですから」

「それから十と……二年ほどですか。時がたつのは早いものです」

「そうですわね」

十年ほど前は、所長は首席研究員兼室長という肩書だった。室長と言う立場をフルに活用し、部下たちの研究成果を一度自分で独占し、再配分するような運営を行っていたのだ。研究室内の研究全てに首を突っ込み、手を出し、芽の出そうな研究が有れば自分が主体となるよう動いて成果を得る。普通は、自分の研究が決められれば、それで成果を出そうと集中したがる。狭い範囲のことをとにかく深く深く探っていく知識の探求。それが研究者だが、彼はその逆をやったのだ。浅くてもいいからとにかく広く。

そして、これが後に評価される。

全ての研究に目を通していることから、他所(よそ)から来る人間に対してはどの研究に対しても受け答えが出来るとあって、評判はすこぶる良かったのだ。専門馬鹿と揶揄(やゆ)されるような、自分の研究以外は碌に知らない研究者が多い中、網羅的に研究内容を把握できていた人物として評価をあげ、視野が広いという評判を確立し、しばらくして副所長となり、そしてそのまま王立研究所所長の椅子に座ることになった。

人に歴史あり。

レーテシュ伯も〝若かりし〟頃、まだ研究員の肩書だったころの所長と会っている。重要な研究で成果を出せたからというのがその理由だ。研究成果を手に入れる為に、直々に出向いた。

「そう言えば、ご結婚されたのでしたな。遅ればせながらになりますが、おめでとうございます。前にお会いした時も美しかったですが、今日お会いして更にお美しくなられていて吃驚しました。やはり女性は結婚すると変わるものですな」

所長に言われたことで、少し頬を緩めるレーテシュ伯。彼女にとって、またレーテシュ家にとって、結婚と後継者の問題は長い間の懸案事項だった。それが解決している現状、幸せを感じる毎日であり、険が取れたとは自分でも感じていたのだ。強いストレスになるものが一気に離れ、肩の荷が幾つも落ちた現状、彼女自身も自覚するほどに体調は良い。

結婚して変わったと言われるならば、自覚があるだけに悪い気持ちにはならない。

「ありがとうございます。もう結婚して子供まで居りますので、人から褒めて頂けるのも久しぶりですわ」

「ほう、お子様もお生まれになられたのですか。お幾つですか？」

レーテシュ伯は、子供の年を指で表す。片手で済むというだけでも幼さが分かる。

「まだ小さいのですな。今は、かわいい盛りでしょう」

「それはもう。子供の寝顔を見るのが癒しですのよ」

親にとって、子供の話題というのは鉄板ネタの一つだ。社交辞令や世間話から会話の間合いを探るにも、確実な反応があるネタとして重宝する。

「そうでしょうとも。走り回って騒がしい子も、寝ている時は精霊のように愛らしいものです。お子様は御子息ですか、それとも御息女ですか？」

「娘ですの。元気に育って欲しいと願うばかりですわ」

レーテシュ伯の愛娘は三人。三つ子で産まれた女の子たち。生まれる時にはすったもんだがあり、大変な苦労をして産んだだけに可愛さはひとしおである。

尚、結婚する前に身ごもった、所謂(いわゆる)出来婚だったりするのだが、これについては公然の秘密だ。公式発表では結婚してすぐにおめでたがあり、三つ子だったから早めに生まれてきた、ということになっている。ちゃんとした情報網をレーテシュ領に張り巡らせている家は、勿論真実を知っている、公然の秘密という奴だ。

「ほほう、伯爵閣下の御令嬢となると、きっと将来は美人となられることでしょうな。男たちが取り合う様が目に浮かびます」

「親としては、是非とも運命の人と結ばれて欲しいと思っておりますの。私自身が旦那と出会うまで随分と紆余曲折があったものですから、娘には良い人が居たら逃がすなと教えていますのよ。おほほほ」

レーテシュ伯自身は、十代の頃から幾つも縁談があった身だ。大身の高位貴族家で、逆玉の輿(こし)になる結婚。本人の容姿も優れている。それはもう、他の貴族にしてみれば、よだれをたらさんばかりに美味しい獲物に見えた。

しかし、当代レーテシュ伯は男の付属品になるような性格を持ち合わせていなかったし、レーテシュ家を守るという責任を果たす気概と能力を十二分に備えていた。これが不幸であったのかどうか。少なくとも、婚期に関してはマイナスに働いた。

山と積まれる金貨しか見ていない強欲な者、婿として入った後は妻を傀儡(かいらい)にして伯爵家を乗っ取ろうとする野心ある者、女を性欲のはけ口ぐらいにしか思っていない不埒者、妥協を重ねた産物として、消極的な選択の結果で仕方がないという姿勢を隠さない傲慢な者。

そのどれもを、レーテシュ家にとって好ましくないとして跳ね除けた。お前で妥協してやると言われた時は、相手の男の股を自ら蹴り上げて破談にした。

結果として年を重ねてしまい、更に環境が悪化してしまうという悪循環。

そんな経験をした彼女だからこそ、自分の娘には「良さそうなら迷わず喰い付け。味の良し悪しは食った後に分かる」と教えるつもりだった。肉食系を通り越し、猛獣系とも呼ぶべき教育方針であるが、その結果がどうなるかは神のみぞ知る。

「レーテシュ家の教育は独特ですな。ところで閣下、今日の御用向きはどういったことでしょう」

子供の話題も大分盛り上がった。世間話はこの辺で良かろうと、所長は本題を切り出した。

「実は、研究所に寄付をしようと思いまして伺いましたの。常から行っているものとは別口で」

「ほう、それはありがたい」

所長の口元に笑みが浮かぶ。金をくれると言われて嫌がる研究者など居ない。余計な紐が付いていなければもっといい。その点、レーテシュ家は王都から遠く離れた南部辺境の領地貴族。紐の長さで言えば最も長い。少なくとも、研究所としてはかなり好ましい程度には不干渉に近しい相手。金だけ出して口を出さないという、最も望ましいパトロンだ。

これが宮廷貴族であれば、何かと干渉したがるし、研究成果を頻繁に催促してくる。一ヶ月や二ヶ月で、まともな研究成果が出せるか、と怒鳴って追い返したこともしばしばだ。

「当家も陛下の恩寵と部下の献身によって、幾許か財政に余裕が出るようになってまいりました。私の力ではない部分で、ささやかながらゆとりが出来た。ならばこれを広く世間にお返しするのが道理だと思いませんこと？」

「ご立派なお心がけと思います」

この上ない程の建前口上ではあるが、金をくれる建前ならば手放しで褒める所長。お金に余裕があるというのは羨ましい話だ。レーテシュ家ほどの大家でゆとりと呼ぶのだ。金貨が何百枚、何千枚になることか。そのうちのどれほどが寄付金になるかはこれからの交渉次第だろうが、少なく見積もっても百、上手くすれば千の大台に乗るような寄付も期待できる。近年稀にみる超大型案件であり、所長としても胸を張って自慢できる特大の手柄になるだろう。

「そこで、幾つか此方で調べてある研究室を見せてもらっても構いませんこと？」

「……研究室によりますな」

大金を寄付するぞ、とチラつかせておいて、研究室を見せろと言い出した。この手の交渉は腐るほどしてきた所長であるから、即座にその意図を見抜く。

何か、欲しい技術か情報があるのだ。

「勿論、機密性の高い研究をされている研究室の中まで見せろとは言いませんわ。見学を考えているのは、まず土木研」

「ああ、なるほど、あそこは見学者も多いところですからな。多分大丈夫でしょう」

土木技研、正式名称は土木技術実用研究室。王立研究所の中でも、実学の雄だろう。哲学や神学のように人の内面を模索する学問などとは違い、純粋かつ直接的に社会の実益を重視する学問。堤防の効果的な造り方や新しい工法の研究開発、土砂崩れを事前に防ぐための研究、道路建設に関する新技術の模索、等々。領地貴族であればどんな貴族であってもこの研究室の研究内容は役に立つ。

故に、見学者も頻繁に訪れる、王立研究所の看板研究室の一つだ。

「他にも、内科薬学研究室と薬用植物研究室」

「そこも大丈夫でしょう」

医学系の研究室についても、出資をして研究成果を欲しいという人間は多い。健康で居たい、長生きをしたいという思いは、権力者こそ強くなるものだ。

ちなみに、この研究室は神王国でも〝奴隷の購入〟が多いことで知られている。人権意識など欠片も無い世界なので、人殺しなどの犯罪者を奴隷として売買し、薬の人体実験などに〝活用〟されるのだ。

そうして生み出される研究成果は、社会に還元され、善良な人々の利益となる。ということになっている。

大物犯罪者を実験の結果死んだことにして逃がしている戸籍ロンダリング疑惑や、研究内容の一つが実用的で証拠の残らない毒薬であったという薬殺研究疑惑など、何かと黒い噂の絶えない研究室ではあるが、ここもまた人気の有る看板研究室の一つだ。

「農学系のところであれば、食用植物研究室も見学させていただきたいところですわね」

「おお、流石はレーテシュ伯。お耳が早い。あそこの研究室は、つい最近有用な研究成果を立て続けに発表したところです。珍しいものを見るだけでも価値の有る、人気の高い研究室ですな」

「最新研究を見せて頂くことは出来て？」

「普通ならば難しいのですが……日頃から研究所に並々ならぬご支援を賜っております以上、レーテシュ家であれば断る研究室は無いと思われます」

食用植物研究室は、実はレーテシュ家ととても縁がある研究室だ。最早ずぶずぶと言って良い程に、レーテシュ家と、正確に言うならレーテシュ領と繋がっている。既存の植物の品種改良なども行っている研究室ではあるが、海を支配するレーテシュ家から、目新しい外国の植物が手に入るのだ。これを研究し、効果を調べ、有用な使い道を模索するのも仕事の内である。

設立から現在に至るまで、農業が産業に占める割合の高い南部貴族とは強い結びつきのある研究室であり、南部閥の総元締めのレーテシュ家とも極めて近しい関係だ。

「後は、個人的には美女研も興味がありますの」

「ははは、あそこは良く見学を希望されますが、大抵の方はがっかりして帰られる場所ですが？」

美女研という名前が有ると、頭がピンクな人間は、美人ばかりが所属している、ハーレムみたいなパラダイスを想像する。右を向いても左を向いても美女ばかりが居るような、女性の多い研究室に違いないと。

それ故、男性の見学者が定期的に発生する研究室ではあるのだが、例外なく皆期待を外して帰ることになる。

ここの研究室は、研究テーマこそ美女であるが、やっていることは化粧品の研究であったり、アンチエイジングについての研究だったりするのだ。それを強く必要とするのは、化粧品なんて無くてもピチピチの肌〝だった〟人々だ。実に些細な余談ではあるが、レーテシュ伯も前々からパトロンの一人である。

美しさの維持が権力維持に繋がる、後宮のやんごとなき方々が主要なパトロンであり、それだけに研究者は優秀な人間が集められているわけだが、研究所でそこそこ成果を出してきた優秀な人間と言うのは、それだけ経験を重ねているわけで、早い話がおっさんや爺さんばかりの研究室ということ。常に成果を求めるプレッシャーを掛けられ続ける、殺伐とした雰囲気のある、涙と嗚咽で満たされる色気皆無な研究室である。ストレスから髪を白く、或いは無くす人間も多い。

ある意味で、最も美女から縁遠い連中が集まる、灰色どころか澱みきってどす黒い研究室なのだ。

「構いませんわ。それと……」

目ぼしいところはそれぐらいかしら、といった雰囲気でしばらく考え込むそぶりを見せるレーテシュ伯。

所長としても、今あげた研究室のどこかにメインの狙いが有るだろうと察する。最新の研究成果で話題になったばかりの食植研(しょくしょくけん)あたりが怪しい。

考え込んでいた両者。

無言を破ったのはレーテシュ伯だった。軽く両手を合わせて、咄嗟(とっさ)に思いついた感じの笑顔で望みを口にする。

「汎用魔法研究室、も見せて頂けないかしら」

所長は、思わずせき込んだ。

心機一転

王立研究所では、一つの決断が下されようとしていた。

かねてよりの懸案事項であったが、ここ最近何かと〝問題〟が多い研究室に対しての決断だ。

研究所内にある会議室の一室。そこに集められた神王国の頭脳たちを見渡すのは、研究所の所長である。

「この度、汎用魔法研究室は統合されることになった」

所長の一声に、研究室長たちは色々な表情を見せる。喜んでいる者、悲しんでいる者、憤っている者、無関心な者。

喜んでいるのは、現在主流派に属する者たちだ。王道ともいえる研究をしてきた者たちで、彼らは常日頃から、自分達こそ研究所を支えていると自負していた。それに比べて、とばかりに、汎用研には蔑みの感情を持っている者が多い。彼らの基準で〝無意味〟な研究室が一つ減ることで、自分たちに回って来る研究所のリソースも増えると喜んでいるのだ。

予算、人員、施設や空間、全ては有限であり、奪い合いの競争が基本。一部屋が空になり、物置代わりに使えるようになるだけでも御の字と言う研究室もある。手狭な研究室に辟易としていて、何とかもう少し研究室を広げて欲しいという希望を持つ者。彼らからすれば、要らない研究室が減ってくれるなら喜ぶしかない。

悲しんでいるのは、日陰の研究をしている者たちだ。決して無意味というわけではないのだが、どうしても華やかさに欠ける研究というのは存在する。一般人には必要性を理解してもらえなかったり、誤解されたりしがちな研究というのもある。

歴史学などは古い本を読んでいるだけで、過去が分かったところで役に立たないと蔑まれることがあるし、哲学などは机上の空論をこねくり回しているだけで学問とは言えない、と罵られることがある。

こういったマイナーな研究分野の研究者は、汎用研が統合、実質的に潰されることになった事実を目の当たりにして、次は自分の番ではないかと恐れるのだ。

憤っている者の怒りは、仲間意識に対しての不満からきている。

研究所は王立であり、所属する者も名誉をもって働いている。自分が王立研究所に所属していることを誇りに思っているのだ。だからこそ、同じ肩書である研究員が、不当に貶められることを嫌悪する。今回の決定は、他の研究員などに知らされることなく所長とその周囲のみで決定された。明らかに、特定の研究室を貶める意図がある。

自分たちと同じ研究員だったものが、研究員を貶める側にいる。これを憤らずに、何を憤ればいいのだと、憤慨することしきりだ。正義感や義憤に駆られる者ということである。

誰にしたところで、いきなりの発表であることは間違いない。

故に、驚きの声がそこかしこから上がる。

「え!? 何故ですか？ 理由をお聞かせください」

寝耳に水の研究員たちにとっては、当然の疑問だろう。

何故、研究室が潰されねばならないのか。特に、危機感のある人間は真剣に耳を傾ける。

「昨今の世界情勢を鑑みるに、当研究所もより一層の研究体制強化を図らねばならない。その一環と理解してくれたまえ」

「体制強化……」

「うむ。これからの時代、研究所に求められるものはより多くなっていく。しかし、予算も人員も有限だし、すぐに増やそうとして増えるものではない。従って、より効果的な予算と人員の再配置が必要となる。今回の措置はその一環と思ってもらいたい」

「はあ」
研究というものは金食い虫だ。成功するかどうか不確定なものに金を掛けるわけだから、リスクの高い投資でもある。だからこそ、限られた資源を効率的に使うべきだという意見はいつの時代にも存在していた。政治改革を叫ぶ政治家と同じで、いつの時代も常に一定数存在する改革派というやつだ。

しかし、所長というポジションに就くと、多くの場合改革を忌避するようになる。物事を変えるということは、作用と同時に反作用を生む。よくやったという喝采と同時に、なんでそんなことをしたんだという恨みが発生するのだ。人間というのは得てして称賛よりも怨嗟の感情の方が強くなりがちなもの。人を褒めるより、貶す方が得意な人間の方が圧倒的に多いのだ。改革を行ったとき、褒める側の人間は、必要なことが当たり前に為されたと考え、貶す側の人間は、余計なことをしたと考える。余程の不満や鬱憤が溜まっていない限り、恨み辛みの発生はやむを得ない。

この場合、喝采はともかく恨みの矛先とは、えてして改革のトップに向かいがちである。

普通なら、所長という安定的な地位の人間が、自ら旗を振って改革を進めようとはしない。仮に変革が必要でも、恨みを自分が被らないよう、誰か他の人間に旗振り役を任せ、自分はその陰に隠れるものだ。リストラで首を大量に切るときに、社長直々にやらず、担当部長だの専門役員だのを設けて泥をかぶらせ、上層部は成果だけを美味しく頂戴するようなもの。人には嫌われたくないが、美味しい思いはしたいという人間のエゴだ。

組織の論理といえばそれまでだが、研究所という場所であっても、大人同士のダーティーな部分から逃げられることはない。

つまり、この改革を謳う所長の言は、研究所の改革というのが奇麗事の建前でしかないということなのだろう。

頭のいい連中は、簡単に察した。

「汎用研が努力していることは私も知っている。君らが頑張っていることもだ」

「ありがとうございます」

「しかし……あえて厳しいことを言うが、汎用研はここしばらく他の研究室と比べて成果が乏しい」

「左様で」

汎用魔法研究室、通称で汎用研。魔法を誰にでも使える汎用的なものにするというのが大目標であり、その為にかつては大金を投じて研究されていた。神王国が魔法後進国である事実から、魔法大国である聖国などに対抗する手段の模索として設立され、魔法を阻害する方法を発見し実用化するなど、一定程度の成果をあげてきた歴史がある。

研究内容としては一般的であり、研究員にもわりと認知はされている。だが、ここ最近はぱっとしないのも事実である。

元々、魔法の汎用化など難しい、というのが大方の意見だ。魔法を汎用化するということは、魔法使いが特別でなくなるということだ。だからこそ、魔法の研究であるにもかかわらず、魔法使いが協力してくれないという構造的欠陥がある。

また、当初の研究成果にして基礎理論となるのが、軽金を使った理論。この軽金は、純金よりも単価が高い物質であり、まともに研究しようとすれば金が湯水のごとく必要、とされてきた。

色々と技術的、構造的に難しい問題を多く抱えていて、幾ら優秀な人間であっても研究成果が出せないということが問題視されてきたのだ。

何時の頃からか人事的に左遷部署とされ、所属する研究員は他所の研究室を手伝うことで何とか逃げようとするようになっていた。

成果が乏しいとは、そういう状況を指してのことだと、誰もが理解した。

「統合先はどちらに？」

「まだ未定だが、鉱物研との統合を考えている」

鉱物研は、その名の通り鉱物全般について専門家を集めた研究室だ。基礎研究を行う研究室の一つであり、神王国内の鉱物分布の調査や、既存鉱山の埋蔵量調査、新規鉱脈の探索なども行うアウトドア派な研究室である。

フィールドワークの多い研究室だけに、肉体労働、単純労働も多い。鉱山夫の真似事をして、つるはし片手にハイホーハイホーとやる、ガチで肉体派研究員が多い研究室だ。

普段、部屋にこもり切りで研究している頭脳派からすれば、統合されたところで、肉体的に酷使される未来しか見えないだろう。専門外のところにいきなり放り込まれたところで、まずは基礎知識の習得から始めねばならない。その間、下働きや小間使いとして研鑽するのは、どこの研究室でも同じなのだ。

「汎用研の研究員は優秀な者が多い。折角であれば、その能力をもっと有用に活かせるよう、我々が考えた結論として、統合ということになった。何か、意見はあるかね？」

「いえ、ありません」

汎用研の研究員が優秀。その点は否定する人間はいない。国中の賢者を集めたのが王立研究所。一人として、無能はいない。居るのは、権力闘争に負けた要領の悪い人間だけ。

首にするのではなく、配置転換なのだと思えば、まだ理解できなくもない決定なのだろう。

「ふむ、では次の議題。新たな寄付金の交付先についてだ」

所長が出した次の議題に、研究員たちは目の色を変えた。

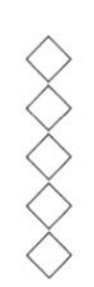

汎用魔法研究室主任研究員ホーウッド＝ミル＝ソキホロは、ある日所長に呼び出されていた。

いったい何があるのか。そんなことは最早噂になっている為、驚く要素などない。

ああ、いよいよ来るべきものが来たな、といった感じだ。泰然自若とした姿勢で立つホーウッドに対して、所長は喜ばしそうに笑顔を向ける。

「おめでとう、君の栄転が決まったよ」

「はあ、栄転ですか」

どこまでも喜ばしそうな、嬉し気な態度を崩さない所長に、ホーウッドが向ける目線は冷ややかだ。内実をよく知っているため、栄転といわれても心に響かない。第一、ホーウッドが長年冷や飯を食う羽目になった直接の原因が目の前の野郎なのだ。数か月前の自分であれば、怒りのあまり殴りつけていたかもしれない。平静で相対するだけでも、既に大きな心境の変化がうかがえる。

「我々は、常に時代の最先端を歩き、前人未到への挑戦者でなければならない。常に改革と前進こそが友だ。それこそ研究員というものではないか？」

「それはおっしゃる通りかと思います」

素晴らしいほど清々しい建前だ。

研究者が未知を恐れてしまえば意味がない。常に分からないこと、知らないこと、初めてのことに挑んでいってこそ研究者。言い分だけは至極ごもっともとホーウッドは頷いた。

「そこでこの度、汎用研は統合されることとなった。時代を新たに進めるにあたり、汎用研はその先兵たるのだよ。おめでとう」

なにが目出たいものか。そんな心情を隠しもしないホーウッドは、無表情のまま所長の話を聞く。

「新たな部署は、鉱物研になる。土木研とどちらがいいか迷ったのは迷ったのだよ。君の昨今の研究テーマからして、鉱石の方に多少なりとも専門知識があるだろう？」

「まあそうですね」

今までの汎用研の研究テーマについて、魔法の汎用化の為に、魔力を貯める物質を研究するというのがあった。軽金がそうであったように、単一性・均質性のある物質は魔力と親和性がいいとされており、鉱物は大きな研究テーマであった。

所長も魔法研究者の端くれであり、汎用研の研究進捗は承知している。鉱石であれば普通よりも詳しいだろうという意見もあながち間違いでなく、それに近しい研究室と統合して移籍、というのも一見すれば合理的に見える。

肉体労働をさせて虐めてやれという意図さえ見えていなければ、感謝する場面なのかもしれない。

「何か、質問はあるかね？」

「いえ、ありません」

「そうか、ならば下がりたまえ。君の処遇に関しては……ヒラの研究員となってしまうが、心機一転頑張ってもらいたい」

相も変わらずの笑顔のまま、所長は残酷な人事を告げる。

元々ホーウッドとは仲のよろしくない所長だ。あからさまな左遷人事で汎用研に追いやった後、今また降格という理不尽を突き付ける。

勿論、所長にだって言い分はある。ホーウッド研究員は元々、汎用研の中でささやかながらも成果をあげ、キャリアを積んできたからこそ、その中で管理的な地位を与えられていた。ここで他の研究室に移るにあたり、いきなり主任研究員となっても、地位に実力が伴わないのではないか。

お飾りの主任がぽっとやってきて、主任以上に専門知識のある研究員を従える。これでは、今までいた研究員たちの士気が下がること夥しい。

一理あるのは確かだろう。ホーウッド一人が我慢しさえすれば、他がすべて丸く収まる。

こうなってくると、所長の笑顔の裏に、サディスティックな弱いもの虐めに近しい感情が感じられるだろう。ホーウッドにしてみれば、所長の性格の悪さなど今に始まったことではない。

中年の研究員は、ここでようやく、自分の言いたかったことを口にする。

「いえ、そのことですが、汎用研が無くなるというのであれば、辞めさせていただこうかと思っています」

好戦的な笑みを浮かべつつ、ホーウッドは所長の顔を見る。面白いことに、所長の顔は狼狽としか言いようがない。

どうやら、イジメはしても、辞めさせるところまでは考えていなかったらしい。

「辞める？　研究所をかね？」

「はい」

「何故だ。幾ら役職が無くなるとはいえ、これから研究成果を出していけば、また上の立場にも就ける。君ならその能力は有るだろう」

ホーウッド主任研究員は、人が寄り付かなくなった汎用研を維持し、構造的に極めて困難でありながら僅かながらも成果を出してきた人物。汎用研で舐めてきた辛酸に比べれば、今回の人事のような〝まともな研究室〟で下積みからやり直すことなどキャンディーのように甘い。

二年か三年か、或いは五年ほど。しっかりと成果を出せば、また主任研究員の地位に就くことだって出来る。そう言って、引き留めようとする所長。彼は、汎用研を潰す工作には加担していても、優秀な研究員を飼い殺しから手放す気は無かったのだ。

「そこまで評価いただき光栄ですが、流石にもうこのまま働くことは出来ません」

ホーウッドの決意は固い。

所長が、他所の研究機関に手をまわして再就職を阻止しようとしていることぐらいは察しているが、それでも断固として辞意を翻すことはしない。

「そうか……私は君の能力を買っていただけに残念だよ。では、辞表を出してもらえるかね」

「ここに」

辞職志願者は、懐から羊皮紙の巻物を取り出した。ソキホロ家の家紋で蝋印がされた、正式な文書である。

「準備の良いことだ。最初からそのつもりだったのかね？」

「前から薄々は感じていましたし、最近は盛んに噂になっていましたから」

汎用研が統合されるという噂は、既に確定した事実として研究所内に流れていた。何せ、主だった上級研究員が集められた場で、所長が発言したのだから。

辞めるという覚悟を決めるには十分すぎるほど時間があった。

「分かった、これは受理しておく。私物を引き払い、期日までに部屋を明け渡すように」

「はい」

「今後の当ては有るのかね？　良ければ、研究員の経歴を買ってくれるところを紹介するが」

研究員という職を辞したところで、再就職の当ては厳しいだろう。まともな研究機関は基本的に王立研究所の影響下に有る為、王立研究所の所長の不興を買って辞めた人間に再就職の手を伸ばすことは無い。

所長としては、最後の思いやりのつもりで再就職先を斡旋してやってもいいと持ち掛ける。

しかし、ホーウッドは首を横に振る。

「……しばらくはゆっくりしたいと思っています」

「そうか。では、今までご苦労だったね」

辞めていくものに、周りは冷たかった。

残念だとか、これから頑張れと声を掛ける仲間も居ないでは無かったが、残るものにとってはこれからが大事だ。辞めていくものに親身になるものは少ない。

既にまとめ終わっていた私物を抱え、王立研究所を後にするホーウッド。

一度立ち止まって振り返り、今まで長く働いていた職場を見渡す。

そして改めて歩き出す。

「よっしゃあ!!」

元主任、となった男は、晴れ晴れとした気持ちで空を見上げた。

レーテシュ伯の打算

寒さの続く日。澄み渡るような奇麗な空が広がる中、白亜の城は輝きを増していた。近年は好景気に沸くレーテシュバルの街の中、ひと際輝いて見える海賊城。

この城はレーテシュ領が一つの国であった時に建てられ、王都の象徴という意味合いがあったため、見栄えをとても重視して建てられた。当時の技術の粋を集めて、また交易で成した財を惜しみなく費やして出来た城は、建立時には南大陸でも一、二を争うほどの美しさで知られていたという。

今では見物人が訪れる観光名所にもなっているが、高台に建てられたこの城が、遠洋まで見渡せる灯台のように、実戦的な機能があることを知る人間は少ない。展望台が備えてある城という珍しさは、軍事機密に抵触する部分でもある。

誰もが憧れと共に仰ぎ見る城の一室。展望の良さが自慢の部屋の中で、レーテシュ伯は溜息をついた。

「はあ」

ついた溜息が、外の寒さにもかかわらず白くなることがないのは、部屋の中の暖炉が煌々と活躍しているからだ。科学技術が中世どまりな世界では、冬の時期には薪が手に入らずに凍死するものも居るのだが、ここに限っては最も縁遠い話だろう。城の薪小屋には、冬用の薪がこんもりと山になっている。

時折パチリと何かが弾ける音がする。

世界でも屈指の贅沢な部屋で、指折りに贅沢な暮らしをする美女が、何の不満があって溜息をつくのか。

愛する妻の気鬱な様子に、旦那であるセルジャンは気遣いを見せる。

「どうした、何かあったのか？」

少し冷えてきたかもしれないと、薄手のブランケットを妻の肩に掛ける夫。

「やっぱり、モルテールンは汎用研での研究成果を意図的に隠蔽しているわね」

レーテシュ伯は、モルテールンの小倅が研究所に入り浸っているという情報を得てから、色々と活発に動いていた。王都に張り巡らされた情報網と、そこで得た情報を正確かつ迅速にレーテシュバルまで運ぶ伝達網。これらを駆使することで、彼女は南部に居ながら王都のことを事細かに把握している。

汎用魔法研究室で何かしらの活動をしているらしいということも突き止めていて、ここに危機感も持っていた。

元々、モルテールン家とレーテシュ家の仲は悪くない。時に政敵となることから良くもないのだが、必要に応じて協力関係を築ける程度には関係性を維持している。つかず離れずの距離と考えるならば、貴族家同士の関係性として理想的とさえいえる。

しかし、だからと言ってモルテールン家を警戒していないわけではない。才女と名高い当代レーテシュ伯をして、今までことあるごとに悔しい思いをさせられてきた相手がモルテールン家。より正確に言えばペイストリー＝ミル＝モルテールンだ。この銀髪の坊やに、何度裏をかかれたことか。勿論やり返したこともあるわけだが、神王国で指折りの大貴族の当主として辣腕を振るう人間が、全精力を傾けて全力をもって相手をしなければならない相手が彼なのだ。

そんな少年が、汎用研に入り浸っていると知ったとき。そして、何故かここ最近汎用研から研究成果の報告が上がらなくなったという報告を受けたとき。彼女の頭の中では、ペイスが重大な研究成果を隠匿しているという結論に至った。彼の少年の抜け目のなさをよく知るが故に、そういう結論にならざるを得なかった。

この疑いを確信に変えるべく、汎用研を調査したのが先日のこと。その結果得られたものは、レーテシュ伯の疑惑を確信に近づけるに十分な状況証拠の数々だった。

「確たる証拠は未だありませんが」

物的証拠や、確実な証拠は出てこなかった。あくまで疑わしい、という範疇を出ることは無い。

部下の指摘を、不機嫌そうな態度のままレーテシュ伯は否定する。

「そんなもの、汎用研に乗り込んだ時の研究員の態度で確定よ」

「そうでしょうか」

「あんなあからさまに知らぬ存ぜぬを通す研究員なんて居るわけないじゃない」

汎用研にレーテシュ伯が乗り込んだ時、接待を担当したのは若い研究員だった。子供と呼んでもおかしくないような非常に若い青年で、聞けば士官学校を卒業して間がないという。つまり、まだ二十歳にもなっていない年頃だ。

しかも、士官学校の卒業年次に師事していた教官が、こともあろうにモルテールン家のペイストリーだったという。自分の身内とも呼べる子飼いの人間を使って研究をする。機密保持という面では、これ以上無い状況だろう。怪しいと疑うなら、これも立派な状況証拠である。

汎用研が実は成果を隠匿しているのではないかとの疑惑を持つレーテシュ伯は、その若者に対して色々と揺さぶりをかけてみたのだ。

自分の胸をさりげなく押し付けてみる色仕掛け、目の前に金貨を積み上げてみる買収、親しい者に対して危害が及ぶかもしれないという脅しに、涙目で訴えかける泣き落としまで。色々と手練手管を駆使して情報を引き出そうとしたのだが、結局無駄に終わった。情報を聞き出そうとすればするほど、青年の態度は頑なになり、情報どころか世間話にさえ口をつぐむようになったところで、情報を聞き出すことはあきらめざるを得なかった。

よほど入念に緘口令（かんこうれい）がしかれている。

本当に知らないならば、目の前に自分の欲しいものを積まれたときや、身の危険を感じたとき、欲望や保身から、それっぽいことを言いそうなものだ。口から出まかせであっても、なんとなくそれっぽいことを言えば、もしかしたらいい思いが出来るかもしれない。或いは、不幸を回避するためにも、嘘をつく。人間とはそういうものだ。

しかし、本当に何をしても知らないと言い張ったのだ。自分は何も知らない。金のない新人のはずなのに金貨の山にも全く動じることなく言い切って見せたし、脅しにも眉一つ動かさず言を翻すことは無かった。

これはこれで不自然である。

「金を欲しがらない倫理観や、脅しに屈しない正義感を持っていただけではないのか」

研究職には、元々守秘義務というのが存在する。特に、出資者（パトロン）がいる場合、パトロンの利益が大前提。明文化されているものではないが、自然と根付いた不文律というやつだ。

自分の研究過程で知りえた成果は、基本的に出資者以外には黙っておくべきものである。金も出さずに、成果だけ欲しがる人間は多い。或いは、研究失敗のリスクを取らずに、成功だけを欲しがる人間もいる。こういった輩が増えれば、研究者全体にとって不利益となる。

うっかり口を滑らせることで不利益が生まれれば、出資する人間は怒りもするし、報復もしてくる。第一、義理に欠ける。出資者のおかげで研究ができ、成果を出せるのに、その成果を自分の所有物として扱って、自分のみが利益を得る。こんな研究者に、金を出してくれるパトロンはいまい。一方的に損をしたパトロンは、以後は研究分野に金を出すことを渋るようになる。他の研究者にとってはいい迷惑だ。

研究職にある者の常識として、代々言い含められる倫理観は存在するのだ。

大なり小なり、研究者にはしがらみがある。金を出してくれるところには誠意を尽くすのが研究者の道義。

今、金をやるから成果を寄越せであるとか、成果を寄越さないと不幸な目に遭うと脅すのは、そもそも不文律として存在する研究者の倫理と相反するものであり、正義感が強ければ逆効果ではないか。

そうセルジャンは指摘する。

パトロンがモルテールンではないのか、という疑惑で情報を得ようとした。そこで口をつぐんでいたのが怪しいというわけだが、そもそも王立研究所は王家が創立以来定額の金を出している。成果が本当に出てないとしても、最低限とはいえ予算をもらっている以上、王家に忠誠を尽くす意味で、口をつぐんでいたのかもしれない。

倫理的に優れている人物、或いは原理原則に拘る人間であったなら、モルテールンが緘口令を徹底しているのと同じ状況が生まれるのではないか。そして、見分けるのは難しいのではないか。セルジャンは、妻にそう尋ねる。

「私もそれは疑ってかかったの。でも、そういった〝当たり前の倫理観〟による行動と、〝明確な指示の下での黙秘〟には違いがあるものよ」

「そうなのか？」

「ええ」

レーテシュ伯は、夫に対し諭すように言う。

彼女は長年色々な人間と相対し、腹の探り合いをしてきた。その経験上、分かったことがある。自分の信条や道徳に従って行動する人間と、誰かに指示されて動く人間では、行動に差があるということだ。

具体的には、結論を出すまでの反応の速さに違いが生まれる。

自分の信条で判断するという場合は、主体性が自分にある。つまり、判断をするときに自分で考えなければならない。

一方、指示を受けて行動する人間は、言われたことを機械的に守るわけであり、そこに自分の判断が介在しない。

つまり、指示を受けている人間は反応が速いのだ。

例えば、門番などがそうだ。

ただ単に「危険を防げ」と言われていた場合。何が危険かは個人の裁量や信条に委ねられる。訪ねてきた人間が門の中に入れろといった場合、まずその相手が危険なのかどうかを考えるだろう。

小さい子供が、門の中の人物にお礼をしたいのだ、などと言ってきたらば、優しい人間ならば門の中に入れてしまうかもしれない。

しかし、「何人たりとも通すな」と言われていたら、子供だろうが何だろうが、通さないと終始一貫して行動する。

入れてと言われたとき、駄目だと答えるまでの反応の速さに差が生まれるのは、指示の具体性による。

研究所の若者が、頑として知らないと言い張った事実。その反応の速さ。態度や状況。レーテシュ伯にしてみれば、疑惑は更に深まったとさえいえる。

「もう一度、探りを入れに行ってみるか？」

怪しいと睨んだのなら、回数を重ねてボロが出るのを待つというのもいい手だ。人間が嘘をつくとき、嘘に嘘を重ねようとするならば、接触回数と嘘の回数を増やすほど矛盾が生まれてくる。

「駄目ね」

「何故だ。取り調べで何度も同じことを聞くのは基本だろう。同じ質問への答えに微妙な差異が出てくるかもしれない」

「それでも駄目。だって、汎用研が無くなっちゃったもの」

「何と⁉」

打つ手が早い、とセルジャンは感心した。まさか、怪しいと睨み、動き出したところで丸ごと潰すとは。どのような力学が動き、どんな陰謀が動いたかは知らないが、やることが実に大胆だ。

「状況証拠だけなら、真っ黒よね」

「ならば、モルテールン家が研究成果を得たことは間違いないと」

「ええ」

モルテールン家が、魔法の汎用化に成功したというならば、一大事。どうあっても放置は出来ないわけだが、対応が難しくなる。モルテールン家には不必要にちょっかいを掛けないという合意を過去に行っており、下手に動いてしまえば逆に、合意を盾にレーテシュ家を絞り取ろうと動き出してくる。そこら辺、容赦のない悪ガキが控えているのだから、慎重さは大事だ。

「どういたしますか？」

部下の問いに、考え込む伯爵。

「……敵対は愚策よね。相手の手にしたものがどれほどのものか見えない状況で、攻めるのは無謀よ」

「然り」

レーテシュ伯は、基本的に保守的な人間だ。リスクを取ってでもリターンを追い求めるギャンブラータイプではない。勿論、取るべきリスクは許容する程度の度量は持ち合わせているが、取らずに済むリスクであるなら、たとえリターンが大幅に減るとしてもリスクを減らす方を優先する考え方を支持する。

七割で得られる十を追うより、十割で得られる一を追うメンタリティだ。

その点、博打が大好きで冒険家であった彼女の父とは違うと、部下たちからは専らの評判である。

今の現状、恐らく魔法汎用化技術について、何らかの成果をモルテールンが手にしていることは確かだろう。しかし、確証が持てない現時点で、思い込んで動くのはリスクが大きい。相手が持つカードが役なしではないにしても、低い手役かもしれないのだ。こちらが下手に動いてブタになる方がバカだ。

かといって、明確に勝負を仕掛けるのも怖い。どれほどの隠し玉や爆弾を抱えているか分からないのだ。まして相手は交渉上手なペイス。有効な切り札を持っていれば、ここぞという時に出してくるはずで、準備もなければ対抗しようが無い。

向こう見ずに突っ張るのは、レーテシュ伯としては選択肢出来ない。

「中立も悪手ね。放置と変わらないことになるわけだけど、汎用研の研究内容から察するに、後手に回ると手痛いことになりそう」

攻めることはできない。ならばせめて、自分たちに影響のない形の穏便な解決方法はないだろうか。

そんな都合のいいものが、ほいほい現れるわけもない。

仮に、魔法の汎用化が成功したと仮定する。それをモルテールンが独占したらば、モルテールン家は世界の覇権を握ることすら可能だろう。モルテールン家にそれほどの野心があるとは思えないが、放置して万が一があれば、最初の被害者は間違いなく隣接する神王国南部。それも、最大勢力であるレーテシュ家だ。

見て見ぬふりをするには、あまりにも大きすぎる問題である。

「魔法の汎用化ですからなあ」

部下も、そして夫も、レーテシュ伯の意見には頷く。

「なら、積極的に、そして友好的に接するしかない」

「出来れば、成果を当家にも欲しいところですが」

結局、出てくる結論は大して変わり映えのしないものになる。できる限り穏便に、かつ秘密裏に事を運び、何とか確証を得て、更には利益をもぎ取る。

にこにこと近づき、仲間の立場を作り上げ、共存共栄を図る。これしかない。

「それが出来れば最良よ。でも、取引材料がないわよね」

「はい」

現状では、レーテシュ家の持つ手札は弱い。交易をちらつかせようにも、他の港を使えるならば効果は薄かろう。新たな国道を敷設し、ボンビーノ家と婚姻外交をしているモルテールン家に、レーテシュ家が持つ交易カードは使いづらい。

金も論外だ。ただでさえ利益がとんでもないことになっている事業を持っている相手。生半可な金額で動かせる相手ではなくなっている。十年前なら金貨数枚というような小銭でも命を張ってくれたモルテールン家だが、今の現状で金に靡(なび)くわけもない。金など幾らでも稼げると豪語しかねない相手だ。

「モルテールンを今まで以上に探って頂戴。何とかして弱みを掴むのよ」

「承知しました」

何とかしなければ。

レーテシュ伯は、焦りが募る一方だった。

東の賢者きたる

ホーウッド＝ミル＝ソキホロは、生まれて初めて南部最辺境の地に足を踏み入れた。

人の住めない土地。敵国との最前線。過酷な自然環境。そんな噂が聞こえていた、おおよそ自分とは縁の遠い場所のはずだった。

「ここがモルテールン領!!」

「中々賑やかですね」

ホーウッドの傍には、彼の後輩研究員だったデジデリオ＝ミル＝ハーボンチがいる。彼らは揃って現在無職。勤めていた研究所に辞表を叩きつけ、辞めたばかりなのだ。しかし、彼らの顔には明るいものがある。次の仕事の当てが、モルテールン領にあるからだ。

二人は一ヶ月近くを掛けて馬車を使った旅をし、先日ようやくモルテールン領にやってきたのだった。長旅に体は疲れているはずなのだが、新天地に踏み入れた高揚感からか無駄に元気が溢れている。まだ若いデジデリオはともかく、中年というべきホーウッドまで活動的なのは驚くべきことだ。

そんな二人の視線の先に、手を大きく振る人影が見える。

人影に近づくと、それはモルテールン家のお迎えだった。

「ようこそ、モルテールン領へ。ホーウッドさん、デジデリオ、二人とも歓迎するよ」

「プローホル!!　む、迎えに来てくれたのか」

「勿論。ここからは自分が案内するから、安心してくれ」

元研究員の二人を領境で迎えたのは、プローホル＝アガーポフ。デジデリオとは同期の桜というやつで、寄宿士官学校の同期生にして、同じ教官に指示した同窓生だ。お互い、かつては劣等生と名指しで蔑まれていたが、ペイスに師事したことで才能が開花。プローホルは、卒業時には首席で卒業するという偉業を成し遂げている。

「君がプローホル君か、後輩君から話は聞いているよ」

「どうも、ホーウッドさん。いえ、ソキホロ先生とお呼びした方が良いですか？」

「研究職を辞めた身だ。先生と呼ばれるのもこそばゆい。名前で呼んでくれればいい。これからは、同僚になるわけだし」

「そうでしたね」

ホーウッドがわざわざモルテールン領まで足を運んだ理由は、モルテールン家に一本釣りされたからだ。汎用魔法研究室で燻っていた彼のもとにペイスが現れ、デジデリオの機転もあって画期的な発見をし、誰でも魔法が使えるようになる飴を発明した。

この技術は当然ながら機密指定になり、モルテールン家以外には口外出来ないものとなったわけだ。このまま汎用研で研究を続けても、成果を発表できない状況が続く。ならば、モルテールン家に完全に軸足を移し、モルテールン家の庇護のもとで研究を続ける方が良い。そう説得されたのだ。提示された給金の額も、汎用研所属時の八倍を提示された。一般人の基準でも高給取りと言われる王立研究所研究員の給与の、更に八倍だ。転職すれば、楽勝で大金持ちになれる。これで心動かされない人間は居まい。

転職後、研究内容の対外的な発表が出来ないことは変わらないが、少なくとも研究内容を隠すために上司や同僚たちと軋轢（あつれき）を生むこともなくなるし、成果が出ないと見下されることもない。研究予算も潤沢に貰えるようになるからと、決断した結果が今である。

「辞める時にトラブルはありませんでしたか？」

「そりゃあったよ。引き留めようとしてくる話もあったがね。こっちは年間四十クラウンの報酬プラス百クラウンの研究費。住居費タダ。向こうは年給四クラウン半と、年間研究費が五シロット。もうね、話にならんよ。むしろ、残る連中が可哀そうに感じたほどでね」

「わ、笑いを堪える主任を見て、泣いていると勘違いしたらしいです」

「それはそれは」

王立研究所のエリートはプライドも高いし、給料という面でも、決して安い給料ではない。むしろ、高給取りの部類だ。普通ならば、この待遇を蹴ることは考えにくい。

王立研究所という国家組織を上回る給料をポンと出すモルテールン家がおかしいのだ。

今まで散々に冷遇されてきたホーウッドにしてみれば、自分をどこまでも高く評価してくれるモルテールン家を選ぶのは、当然と言えた。

「それで、ここからはどれぐらい掛かるのかな？」

「まだしばらく掛かります。途中で泊まりもありますが、最上級のもてなしをするよう手配していますので、快適な旅をお約束します」

「嬉しいねえ。今更だが、ここら辺はモルテールン領ってことでいいんだよね？」

「ええ。東部地域になります」

モルテールン領は、元々モルテールン地域と呼ばれる、山に囲まれた半乾燥地帯全体を指す。そこに、リプタウアー騎士爵領を併呑することで、現在のモルテールン領がある。比較的雨量に恵まれた、旧リプタウアー領の地域一帯を指して、東部地域と呼称している。彼らが今いる場所がそうだ。王都から主要な街道を通って来たなら、東部地域の端から入領することになる。

「割と、家畜が多いねえ」

ホーウッドは、以前に聞きかじっていた話から想像していたものより、家畜の数が多いと感じた。今まで通ってきた他の領地と比べての話ではないので、ごくごく標準的な牧歌的風景ともいえるのだが。

「その辺は、農業指導の一環ですね」

「農業指導？」

「三圃（さんぽ）制と呼ぶそうです。家畜を育てながら、麦や根菜類を育て、完全な休耕地を作ることなく農業を行うことで、生産性を上げる試みだとか」

三圃制は、現代では学校でも習う古い農業のやり方だが、この世界では最先端の技術ということになる。

元々、農業というものは同じ土地で同じ作物を育て続けると、土中の栄養や成分がどんどん偏っていき、農作物の生産量が落ちていく。連作障害といわれるものだ。南大陸でもこの連作による弊害自体は昔からよく知られており、土地を一年ごとに休ませるのが一般的だった。

それが西部あたりで、家畜を飼いながら、具体的には馬を飼いながら土地を休ませる方法が模索されたことから、不完全ながら三圃制の農業が生まれた。遊牧式農業ともいわれる。ここから発展し、三圃制農業が誕生したのだ。その背景には、王立研究所の農学研究者の活躍が有ったりもするのだが、ホーウッドなどは専門外な為単純に驚いていた。

今現在モルテールン領では、三圃制の更に先を模索して試行錯誤の途中にあるのだが、ここら辺は今のところ下っ端に知らされることは無い。

「上手くいってるのかい？」

「始めてまだ数年ですが、今のところ上手くいっているそうです。先輩の話だと、牛や山羊を増やしたいペイス様と、豚や羊を増やしたいシイツ従士長達で意見の相違があるとか」

「それはまた何故？」

「グラサージュさんが、乳と酒の戦いって言ってました」

モルテールン領に比較的マシな農業が出来る土地が編入された時、家畜を殖やすことは満場一致で決まった。しかし、どんな家畜を増やすかで意見は割れた。

ペイスはミルクを生産できる家畜、特に牛を強く推した。チーズやヨーグルトなどの派生品を思えば、乳業の育成はペイスとしては譲れない一線だったのだ。

一方、シイツを始めとする大人達は、ソーセージやベーコンの生産を目論んで、特に豚を強く推した。豚は成育が早く、また肉の生産量も多い。単純に農業の効率や、土地利用の効率だけを考えた場合、養豚が優れているというのは、ペイスでさえ認める事実だった。

牛を育てて乳製品を作るべきと主張するペイス派と、豚を育てて肉加工品を作るべきと主張するシイツ派。

この違いが何によって生じたかといえば、ミルクでお菓子作りをしたいペイスと、自分好みの酒のあてを作りたがった飲兵衛(のんべえ)の違いである。

内情を知れば実にくだらない話ではあるのだが、ことが趣味嗜好の話なので、絶対に折り合いがつくことは無い。妥協できない、仁義なき戦いである。

結局、どちらの意見も折衷するということで現在は小康状態のこの争い。水面下では、徐々に牛を増やそうとする動きをペイスが見せていることから、暗闘が続いている。

「結構みんな生き生きと働いてるね」

「ええ。そりゃもう」

中年男の見るところ、今までずっと旅してきた途中で見てきた人たちより、モルテールン領で働く農民たちは笑顔が多いように見られる。仕事の内容自体は大きく違いは無さそうなのに、どこに違いがあるのだろうか。

疑問を持つとしつこいのは、研究者の性(さが)である。

「研究者としては、理由を知っておきたいところだが。結果だけ見えて、過程が見えないのは気持ちが悪い」

「自分も詳しくはないですが、聞いたところでよければ」

「勿論。教えてくれ」

「一つは、単純に税が安いです。モルテールン領では教会の税がありませんし、理不尽な賦役もやらない。動員するときは農閑期になるよう気を使い、対価も弾むらしいです」

「へえ」

信心深い領主が治める土地などは、土地を所有している領主に対する税と、教会に対する税の両方を強要される。これがこの世界の常識だし、そういう土地の方が圧倒的に多い。

領主の税も、モルテールン家は自分で商売をして金を稼ぐため少なめにしてあるが、他のところであれば絞れるだけ絞ろうとする領主も多い。

かまど税、水車税、地税、道路税、森林使用税などなど。結婚税などという税金を取る領地もある。

モルテールン領は辺境であり、常に人手不足であり、移住を積極的に受け入れる方針を取っている。そのため、税金はシンプルかつ低めにするのが大方針なのだ。

「もう一つは、移住者が多いこと」

「ん？　それに意味があるのかい？」

「勿論、だそうです」

元々人の住めない土地を何とか開墾してきたモルテールン領。住人は、ほぼ全てが移住者だ。これが、意外なことに幸福感の増大に繋がっていると上層部は見ている。

人間、幸福というのは絶対値だ。自分が幸せに感じるかどうかは、外から見た数字ではない。金を稼いでいても不幸に思う人間もいるし、温かい家族に囲まれていても不幸だと感じるやつも居る。

しかし、幸福の物差し自体は、相対的に判断する人間が多い。

年収の高い人間でも収入に不満があるとき、より稼いでいる人間を見てそう思っている。或いは、極普通の自分の子供に不満を持つ親は、もっと優れた他所の子供と比較して、不満を持つ。

自分が恵まれていると感じる時、自分の中に評価の物差しがあるのは稀少な人間。多くの場合は、自分より下の人間がいることで、自分が恵まれているのだと実感する。

褒められたことではないのだろうが、現実としてそういう人間が多いのがこの世界の話だ。

だからこそ、他所の領地などでは、奴隷だの反抗者だのをあえて劣悪な環境に置き、それを晒すことで民衆の不満を逸らすような政策も行われる。

モルテールン領では他人の不幸を放置して慰めにするようなことはしていないが、移住者を常に受け入れることで、図らずも同じような〝比較対象〟の情報を、一般大衆が得てしまう。他所の領地の酷い話を、経験者たちが語るのだ。モルテールン領に来て良かったと、彼ら彼女らが心の底から実感を込めて語る。

それを聞いて、自分たちがとても恵まれた環境なのだと、モルテールン領の住民は実感するという。これが幸福感の増大に寄与しているらしいのだ。

善政を敷き、かつ情報の行き来が自由なモルテールンならではと言えるだろう。

「ふむふむ、実に興味深いね」

きっと自分も、かつての境遇について悪しざまに言い、新しい境遇の素晴らしさを声高に語るだろう。それは、ホーウッドにも簡単に予想できた。

「他にも色々とありますが……あ、とりあえず、今日はあそこで一泊です。話の続きは夜にでも」

「楽しみだねえ」

一行の宿泊先は、東部地域の中心。元々リプタウアー領の領都と定められていたところだ。ここも近年の活況を受け、大規模な開発が進んでいる。特に整備が進んだのが、ナータ商会の出資する宿屋だ。

貴族向け高級旅館が一棟十四室、一般富豪向け中級旅館が二棟六十室、大衆向け旅館が五棟二百三十室。食堂並びに酒場併設で、大規模な商隊が来た時などは一旦これらの宿に宿泊ののち、目ぼしい人間だけがモルテールン領都ザースデンに出向く。

ザースデンも旅館や酒場は整備されているのだが、この土地は井戸が掘れない。故に、大量の客や馬を宿泊させるのには、東部地域の方が適しているのだ。馬などは人間の何倍も水を飲むので、過去に隊商クラスの集団がやってきた時、ザースデン内の井戸の水位が恐ろしく低下し、領民に取水制限を掛けた経験から、このような形になっている。

明けて次の日、研究者の一行は、いよいよモルテールン領の主要部に入る。

山を越える道であり、馬車がなんとかすれ違える程度の幅しかないところもある、一番の難所だろう。

峠を越えたとき、そこに広がっているのは、広大な農地だった。

「凄いな……」

ホーウッドの驚きは、見渡す限りというべき広大な農地ではない。それを支えるだけの、整備された水路や道路だ。碁盤の目状というのか、実に奇麗に区切られている畑は、幾何学的な美しささえある。

元々何もなかったところを整備していったからこそ生まれる、整い切った美しさというのか。人工的であるが故の機能美というのか。他所のように複雑に小分けにされている農地ではなく、几帳面さを感じる風景には感嘆の言葉が漏れる。

「ここから新村に行き、休憩を挟んでからザースデンに行きます。そこからは、ペイス様が案内してくれるそうですよ」

「え？　ペイストリー様が直々に？」

「はい」

ホーウッドは、貴族である。しかし、傍系の更に傍系という立ち位置であり、なまじ実家の厳しい身分差を知っているだけに、モルテールン家の〝軽さ〟に驚く。

ペイスといえばモルテールン家の次期後継。嫡子である。いずれ、この荘厳な風景全てを受け継ぐ立場。軽々しく動く立場ではないはずなのだが、自分たちを自ら案内してくれるという。これは素直に嬉しい話だ。

「では行きましょう」

宣言通り、新村を通過したのち、ザースデンではペイスと合流する。

少年は、ホーウッド達の姿を見るなり、両手を広げて歓迎して見せた。

「ようこそ。お二人とも歓迎しますよ」

「わざわざのお出迎え痛み入ります」

堅苦しい敬礼を見せるホーウッドだったが、そんなものは無用とペイスは笑う。

「これから貴方達は我々の仲間。同胞です。後ほど歓迎会もやりますが、まずは急ぎで、新しい建物をお見せしましょう」

「新しい建物？」

「機密保持を徹底した建物を、拡張したのです。貴方達に気兼ねなく過ごしてもらうためにね。その場所は、今のところ秘密なので、僕の魔法で移動します。万が一尾行があっても、それなら付いてきようがないので」

「なるほど」

今、なんか凄いことをサラッと言ったよな、とプローホルなどは思ったが、賢明な彼は口には出さない。

その場から、早速とばかりにペイスと他二人が【瞬間移動】で移動する。

やってきた場所は、設備の整った建物だった。高さは三階建てぐらいだろうか。外から見た限りでは何の変哲もない、ただの箱にしか見えない。

この建物には魔法対策が為されているため、中には直接移動できない。ペイスの魔法であっても例外ではないのだ。その為、外観を見上げるデジデリオをせかしながら全員で建物に入る。

建物の中には、主要な生産物たる餡を作る設備もあり、勿論個室も用意されている。シャワーや宿泊設備まであるのだから、その気になればここで引きこもって暮らせる。どれほど金を掛けたのか。外来組は驚くこと頻りである。

「ここが貴方達の城ですよ」

甘い香りのする一室に、四部屋用意された研究所。

これが、モルテールン領立研究所の全てであった。

餡子フェスティバル

真新しい建物の中、物珍しそうにきょろきょろと辺りに視線を飛ばす中年男と若者。ホーウッドとデジデリオの二人だ。

今日から自分たちが好きにしていい場所ともなると、色々と高揚する気持ちを抑えきれない。文字通りの自分たちの城を持つ。研究員としてキャリアを積んできた人間としても、一つの夢であったのは事実だ。人目が無ければ、スキップの一つもして踊りだしていたかもしれない。実際、今現在の足取りも若干怪しい。

「早速、研究を始めてもらうとして、まず急ぎでやってもらいたいことがあります」

「急ぎでやること?」

「はい」

わくわくと子供のように燥ぐ二人を生暖かい目で見つつ、ペイスが最初の仕事をしようと言い出した。

これからお抱え研究員として、モルテールン家に尽くしていく二人だ。大抵の新入社員がそうであるように、この二人もバッチコイと張り切っている。

「何でも言って下さい。バリバリやりますから」

ホーウッドの言葉は、やる気に満ちている。今なら、どんな難問だろうと解いてみせるし、如何なる課題であっても解決してみせると鼻息も荒い。

「では、当領内の鉱物資源探索をお願いしたい」

そんな暴走一歩手前の新所長に対し、ペイスの依頼したのは奇妙な内容だった。

思わず面食らってしまうホーウッド。

「は？　鉱物資源探索ですか？」

どうにも、変な内容だ。もしも本当に鉱物資源の探索をやらされるなら、王立研究所に残っていた時と何ら変わらない。訝（いぶか）しむホーウッドに、ペイスは笑顔を崩さない。

「ええ。うちの領内は手つかずの土地が文字通り山ほどあります。鉱物資源が眠っている可能性は高いのですが……今までは手を付けられずに居ました」

「はあ」

モルテールン領に山があるというより、山を基準にしてモルテールン領を定めたというべきだ。

公称の領土は山のふもとまでであるが、麓がどこまで伸びているかというのは議論の余地があるため、実質的には山頂より他領側には手を付けない。特にお隣の国と接しているところは、どこまでがお互いの土地かについても折り合いがついていないので、下手に手を出せば戦争勃発である。名目上はモルテールン領ながら、境界のあいまいな土地が多い係争地だらけ。

何にせよ、モルテールン領は四千メートル級の山々に囲まれた土地であり、それこそ山というならどこを見ても山がある。その何処かに鉱物資源があったとしても、驚くには値しないだろう。

しかし、今までは手を付けてこなかった。

山までの道路を通すのも相当な手間暇と金がかかるし、有るかどうかも分からない資源に投資することも出来なかった。そんなものに投資するぐらいなら、平地の農地化に投資する方が確実なリターンを見込める。それがここ二十年以上、一貫した政策として続いてきた。

「この鉱物資源探索の狙いは二つあります」

ペイスは、どこからか椅子を持ってきた。ちゃんと人数分ある。

少年は木造の安普請に率先して腰かけると、話の説明を続ける。

「二つ？」

「一つは、貴方方の行動に隠蔽情報(カバーストーリー)を用意すること」

ペイスは、ぴっと指を一本立てる。

「何ですか、それは」

「当家は、何かと敵も多く、また発展の秘密を探ろうとスパイが横行しているのが現状です。ここにきて、明らかに特別な人材がやって来たならば、まず間違いなく探りを入れられます」

「ほほう」

今現在、モルテールン家は人の出入りに関して強い規制はしていない。来るもの拒まずの精神だ。過去、盗賊に襲われた村の生き残りといった、命からがら逃げてきた亡命者などを受け入れたこともあり、基本的にモルテールン領に来た人間は、まともな人間である限りは受け入れることになっている。受け入れられないのは、政治的亡命と犯罪者だ。仕事が欲しくてやって来る人間や、食い詰めてやって来る人間など、普通の土地ならば追い払われる人間でも温かく受け入れる。

だが一方、モルテールン領に対して、或いはモルテールン家に対して邪な考えを持つ人間であっても、受け入れてしまうという欠点がある。モルテールン家は世界史上でも稀にみる大発展を遂げている現状、その秘密を知りたいと思って探りに来る人間は多い。それこそ、大抵の貴族家であれば人を送り込んできていると思われる。あからさまに分かりやすいスパイなら対処も監視も楽だが、中には尻尾を隠すのが上手い輩もいる。彼ら彼女らは、何とかしてモルテールン領の躍進の秘密をつかみ、或いはモルテールン家の隠したい秘密を暴き、自分たちの利益にしようとしているのだ。

そんな人間がゴロゴロいるスパイ天国で、これ見よがしに重要人物がいるとなればどうなるか。あの手この手で探りを入れてくること疑いようもない。

「汎用研を辞めるところまでは、普通の人間ならば違和感は覚えないでしょう。左遷部署で長らくくすぶっていた人間が、いよいよもって辞める、というのは極々自然な行動です」

「でしょうね」

研究予算の配分も最低限であり、成果が構造的に出づらい研究室。客観的にみても、左遷部署だろう。事実、汎用研出身者で出世した人間は稀有な例を除いていない。研究成果が出せないのだから、お金も集まらないし、人も集まらない。そんな場所に縛り付けられてしまった人間が、辞めたいと思うのは当たり前のことだろう。ましてや、明らかに優秀といえる成果を出しながら、その成果を奪われた上で左遷された人間であれば尚更だ。

研究所内でも蔑みの目や憐みの目で見られることもあった。ついに我慢できずに辞表を叩きつける。心情的に理解できないという人間は居ないだろう。誰もが納得する。

「しかし、その後、当家に雇われるという点で、不自然さがある。雇っておいて、何をしてるのかを隠そうとすれば、それこそ逆に目立ってしまう」

「なるほど」

左遷部署で燻っている優秀な研究員を引き抜く。この行為自体は珍しい話ではない。しかし、それをやっているのがモルテールン家というのが拙(まず)い。

汎用魔法研究室に出入りしだしたモルテールン家。時を置かずして、左遷部署から辞めると言い出した主任研究員と後輩研究員。辞めた先の就職先が、モルテールン家が急遽立ち上げた研究室でのトップという。

こんなもの、誰がどう見ても辞める時に繋がっていたと考える。王立研究所で研究していた時からある程度成果が出ていて、その成果をもってモルテールンに移籍したのではないか。そう疑うことは容易な状況である。

汎用研にいたときに出た成果ならば、勿論それは王立研究所に属する知識となるべき。こっそり成果を隠匿しておいて、他所への手土産にするなど、王立研究所の人間からすれば気分のいいものではない。過激な人間ならば、背任だと騒ぎだすだろう。

「そこで、表向きの〝雇用した理由〟を用意します」

「それが、資源探索だと」

「はい。汎用研は、これまでずっと〝魔力を蓄える物質〟として、鉱物資源の特性を研究していました。だからこそ〝鉱物資源に詳しい研究者〟を雇ったという宣伝をします。これなら僕が直々に動いてスカウトしたのも納得出来るでしょうし、実際そちらで成果を出せるならそれこそ御の字。大歓迎な話です」

汎用研で研究していた成果を土産にすると問題がある。しかし、成果ではなく個人の能力を評価したのだとすれば、角は立たない。

鉱物資源に、嫌でも詳しくなったという経歴を買い、その知識を活かし新天地で活躍してほしい。こんな勧誘だったとしたら、他の誰にも憚(はばか)ることのない、素晴らしい転職となる。

その建前を用意しておいて、表向き鉱物資源の探査をする。探す場所は山に囲まれたモルテールン領であり、どこを向いても可能性だ。資金的に余裕の出てきた領地経営で、今までずっと棚上げにしていた部分に投資するのだ、という理論武装には、かなり強力な説得力がある。実際、真剣に検討されたこともある案件だ。

「……我々は採掘した後の鉱物には多少詳しいですが、それ以外のことは素人ですよ？」

「勿論、他にも人手は用意します。鉱山技師を雇ってくるのは容易い。差し当たって、現役を引退した技師を探して声を掛けようと思っています」

「ははあ」

神王国では、鉱山技師が余っている。より正確に言えば、開発可能な目ぼしいところは既に終えてしまい、鉱山技師の需要はピークを過ぎている。

領土拡張を盛んに行い、イケイケでやっていた時は鉱山技師の需要も高かった。新たに得た領土などで一斉に調査し、採算が取れそうな鉱山に投資し、国力を高めていく。領地貴族同士が先を争って人材を確保し、競争するようにして鉱山開発に勤しんだ。そんな時代があったのだ。

時が流れ、領土は拡大から維持の時代に移行し、より有望な場所からこぞって資源探索が行われた。そして、残ったのはあまり有望でないものばかり。投資は先細る一方だ。

結果として、今は往時に比べると鉱山開発に関する技師の需要は少なくなっている。

つまり、モルテールン家に来てもらえる条件は整っているということだ。

他所の貴族に遅れることウン十年。今余裕が出てきたから、ようやく鉱物資源探索に手を付け、その為の人材を集めているといえば、どこにも不自然さはない。腕と目利きに自信のある人間こそこぞって、我こそはと集まってくる。

「もう一つは、実験場所の確保です」

ペイスがピッと二本目の指を立てる。

「実験場所の確保？」

「はい。例の発明、一応の成功を見たとはいえ、まだまだ実験を重ねて、安定性と実用性を高めていかねばならない。でしょ？」

「ええ」

例の発明とは、【瞬間移動】の魔法を誰でも発動できるようにする飴のことだ。砂糖結晶が、軽金ほどでないにしても魔力を蓄え、そのまま形を加工することで魔法の発動が出来るようになるという発明。世紀の大発明だ。

しかし、当然実用化にはひと山もふた山も越えなければならない技術的課題がある。魔力の蓄積が、ペイス以外にも出来るのか。出来たとして、他人の魔力を魔法使いが使えるのか。魔力は定着した魔法で利用できるのか。魔法の効果を発動させるための形成には、どの程度の精度が求められるのか。確実に加工する技術はどうするか。

調べたいことは多々あり、どれにしたところで検証の為には実験と試行錯誤を要する。

「そうなると、何処で実験をするかという話になります。他所からやって来たばかりの人間が、何処か特定の場所に頻繁に行き来する。時には、瞬間移動したとしか思えない状況に遭遇する。怪しまれるでしょうね」

「確かに」

幾ら隠そうとしても、モノが魔法だけに完全に隠せると考えるのは甘いだろう。失敗を考慮しておかねばならないし、その対策もいる。例えば【瞬間移動】の場合、情報漏洩対策がしっかりしている場所で実験したところで、ちょっと場所がずれてしまえばバレバレになる。これでは拙い。

ならば、多少は失敗しても大丈夫なほど広く、人里から離れ、人目につかないところで実験するのがいい。

しかし、そんな人気(ひとけ)のない場所にしょっちゅう出向く研究者がいたら。これはもう、怪しいことこの上ない。

「資源採掘の名目が有れば、人里離れた山奥に行くことも、極自然な行動になります。むしろ必然でしょう。また、当家の仕事でそんな場所に行くのですから、父様や僕が魔法で送り迎えするのも当たり前でしょうね。少なくとも、例の飴の秘密を知らない領民はそう思ってくれます。瞬間移動としか思えない行動をしていたとしても、ああ、魔法で迎えがあったんだな、とね」

「なるほど」

資源調査、或いは採掘という事情があれば、山の中に頻繁に出向いていても、何の不思議もない。実験だってし放題だ。万が一【瞬間移動】で変なところに飛んでも、資源調査のためにペイスかカセロールに送ってもらったのだといえば、何とかなるだろう。そうするだけの名目があるのだから。

「当家で厚遇する表向きの理由であり、僻地と町を頻繁に往復していても怪しまれない建前。それが〝資源探査〟です」

なかなかいい建前を見つけたと胸を張るペイス。

確かに、色々な問題が一挙に解決しそうな妙案ではある。

しかし、問題が一つ。

「本当に資源を見つけちゃったらどうします？」

資源調査を建前にし、実際に鉱山技師を雇うというのだ。

鉱山技師には事情を知らせないだろうから、彼らがうっかり本当に鉱物資源を見つけてしまうかもしれない。そうなれば、実験場所には山師や、にわか鉱夫が集まって、ゴールドラッシュとなる。とても実験継続は出来なくなるだろう。

そうなったらどうするのか。ホーウッドはペイスに問う。

「それなら嬉しいだけじゃないですか。棚から牡丹餅ですね」

「牡丹餅？」

聞きなれない言葉に、男は思わず聞き返した。

「餡子という豆のペーストで、餅という食材を包んだ、遠い国の伝統的なスイーツです」

「へえ」

ペイスは、お菓子について語りだす。中年男はまだペイスがどれほどの情熱をもってお菓子作りをするか知らないので、地雷を思いっきり踏み抜いた形になる。

ぺらぺらぺらぺらぺら、ぺらぺらぺらぺらと、よく回る舌でもって和菓子の蘊蓄(うんちく)や良さをこんこんと語りだす。ようやく終わったかと思えば、更にうんだらふんだらなんだらかんだらと、お菓子について会話が続く。

オタクに語らせると、ドツボにハマるのだ。

「わかった、わかりました。美味しいお菓子だというのは分かりましたから」

「そうですか？　まだ語り足りないのですが」

「いずれ、機会があったらご馳走してください。それで結構ですから」

「なるほど……ふむ、偶には和菓子を作るのも一興でしょうか？　豆も色々と種類を集めて、餡子フェスティバルを……」

「勘弁してください!!」

ペイスは、何処までいってもペイスだった。

ラミト帰還

モルテールン領ザースデンに、珍しい顔が居た。いや、懐かしい顔というべきだろうか。

ペイスの幼馴染の一人で、モルテールン家で外務を担う従士、ラミト＝アイドリハッパだ。柔和な顔立ちでありつつも、憎めない愛嬌を感じさせる風貌。日頃あちこちに出かけているせいか、多少日に焼けた感じが実に逞しく見える。

成長を感じられるとあって、モルテールン家の家中では期待の若手の一人だ。将来は父親の跡を継ぎ、モルテールン家譜代の重臣として重用されていくことだろう。

「久しぶりですね、ラミト」

屋敷の執務室で、ペイスがラミトを出迎える。長旅で少々埃っぽくなっているはずのラミトだったが、そんなことを毛ほども気にせず心から歓迎して迎え入れた。

KOSHI AN
BOTAMOCHI
TSUBU AN

子供の時からの知り合いだけに、気楽な感じで相対する。ラミトにしても、勝手知ったる他人の家だ。懐かしさを感じ、帰ってきたと実感しつつ挨拶する。

「ペイス様もお変わりなく」

姿勢を正し、深々と腰を折るラミト。今彼は、表向きの肩書としてナータ商会の従業員として活動している。見習いの丁稚働きをしている、ナータ商会会頭デココの弟子、という立場だ。

他領に出向く際、馬鹿正直にモルテールン家の従士ですなどと名乗ろうものなら、仲の悪い相手ならば真っ先にスパイとして拘束される。偽造身分として、ナータ商会の丁稚(でっち)なのだ。親に勘当されて、モルテールン家からも処罰を受けた為に商人になった、というのが公式の発表である。本当にそういう話もあり得たというのだから、親の苦労は推して知るべきである。

どこに目があるかわからない現状のモルテールン。あくまで出入りの商人の一人としての態度を崩さない。姿勢を正し、上位者に対する平民の態度そのままに、恭(うやうや)しく腰を折る。

その様子に満足そうに頷くペイス。

「僕は変わっていませんか？　これでも最近は背が大分伸びたのですが」

ペイスは目下、成長期の只中にある。タケノコのごとくにょきにょきと背が伸びる時期だ。子供から大人に変わっていく時期でもあり、変わっていないと言われたら、少しぐらい変わったと思わないのかと言い返したくなる年頃である。

「俺も伸びましたから、気付きませんでした」

口調こそ貴族と商人といった堅苦しさのあるものだが、気楽な感じのやり取り。お互いにお互いがチビの頃を知っているので、笑いあうのも自然な雰囲気だ。

ペイスも、十代となって背が伸び盛り。日を追うごとにすくすくと伸び始める時期だ。対しラミトはそろそろ背の成長も止まるころ。ペイスは、父親も母親も背が高いのだ。もしかしたらいずれはペイスの方が背も高くなるかもしれないが、現状はまだまだラミトの方が高い。

「ヤントは頑張っていますか？」

出されたお茶を飲みながら寛ぐ青年に、ペイスは尋ねる。何気ない世間話の一環だった。

ヤント＝アイドリハッパ。家名で分かる通りラミトの弟で、兄と同じく外務の仕事を担当している。基本的にはラミトのサポートであり、周辺諸領や王都に足を運び、情報収集を行っていた。時折ラミト達の情報を運ぶメッセンジャーの仕事をこなしていて、主に王都にいるカセロールやコアントローの元に出入りしていると聞く。ペイスとは久しく会っていない。彼こそ、久しぶりに会えば大きく風貌が変わっていることだろう。

「ええ。時々落ち合って情報交換することもありますが、あいつなりに頑張ってるみたいです」

弟の頑張りを、兄はうれしそうに語る。兄弟仲は良好なので、弟の活躍もまた喜ばしいことなのだ。兄として負けたくないという競争心も勿論あるが、それはそれとして弟にエールを送る気持ちに嘘偽りはない。

「それは何よりですね。またそのうちヤントも呼んでみますか」

前に集まったのはいつだったかと思い出そうとする。子供の時なら、さほどの苦労もせずに皆で集まってバカをやらかしたものだが、今ではお互いが仕事を持ち、離れた場所にいる。また集まってみるのもいいと、ペイスは提案した。

「そりゃいい。ただあいつは仕事が楽しいみたいですから、帰りたがらないかも」

「そうなんですか？」

ラミトにとってみれば、反対する理由など何一つない提案だったが、肝心のヤントはどうであるのか。

仕事が楽しいに越したことは無いが、自分の家に帰りたくないほど楽しめるとなれば不思議な話だ。それほど仕事にのめり込むような性格ではなかったはずなのだがと、ペイスが首をかしげる。

上と下の兄妹に挟まれた中間子であり要領が良かったヤントが、親の手伝いが嫌だからといって逃げ隠れしていたのは、それほど昔のことではない。ラミトやヤントの妹も大概だが、だからといって兄達が大人しいわけでもないのだ。というよりも、ここの兄妹は皆、成人前に結構色々とやらかしている。寛容と自由と自己責任を貴ぶモルテールン家の家風に、いい意味でも悪い意味でも染まり切った、譜代の家柄なのだ。

「ほら、俺らは情報収集が主要な任務の一つでしょう。あいつは酒が飲めますから、酒場に行くことも多いんですよ。西の方に出向くことがあった折に、どうも夜遊びを色々と覚えたらしく、いつも金が無いってぼやいてます」

はあ、とペイスから溜息が出た。

妹が最近ようやく形になってきたかと思えば、兄の方が緩んできているという。どうにもこの兄妹は扱いが難しい。

西の方に出向く用事というのは、元傭兵であるシイツ従士長の古巣に用事があった時のことだ。西部を中心に活躍している傭兵団に、伝言を伝える仕事。大方その時、シイツの知り合いやらに悪いことを覚えさせられたに違いない。向こうは風紀が緩い土地も多く、若い男にとっては歓楽街が毒になりがちな場所だ。出身者でもあるシイツを見ていれば分かる。

「……そのうち、タガを締め直さないといけないでしょうか」

いっそ王都の中央軍か、寄宿士官学校の学生たちの中に放り込んで、ブートキャンプとして徹底的にしごいてやった方が良いのではないか。

或いは、一度領地に呼び戻し、おっさん連中で徹底的に説教と扱きをしてやらねばならないのか。どちらにしたところで、気持ちを引き締めなおす特訓をせねばなるまい。

情報を漏らすと大騒動になる外務の担当者が、ゆるゆるな気持ちで居てもらっては困るとペイスは言う。

「大目に見てやってください。仕事はちゃんとしてますし、実際、役に立つ情報を手に入れてます。借金まではしないよう言い含めてありますから」

「ヤントなら大丈夫……と思えないのが不安で」

ヤントは、一時期ずいぶんと荒れていた。盗んだバイクで走り出す不良少年状態だったのだ。夜の校舎の窓ガラスがあれば、壊して回ったことだろう。それを思えば、遊びにハマって借金をこさえ、親兄弟に泣きついてくる未来も、無いとは言い切れない。博打と女遊びと酒は、不良少年が身を持ち崩す典型的なパターンだからだ。

ペイスの心配は、杞憂だとラミトは笑う。ヤントと頻繁に顔を合わせる人間として、彼の成長ぶりは見て取れるのだという。

「ルミよりはマシだと思いますよ」

「確かに」

ラミトは、自分の見立てを話す。彼にしてみれば、ヤントは苦労もしている分、成長も著しく、妹よりは大分マシだという。実際、彼らの妹であるルミはペイスと並んでモルテールンの問題児だった。盗み食い、不法侵入、器物損壊、などなど。犯した罪の数は結構なものだ。ここ最近では、ペイスが隠していた魔法の飴をつまみ食いし、ひと騒動起こしている。問題を起こすたびに親からは叱られているのだが、なかなか治らないと大人たちを悩ませてきた。

世に名高い悪童三人衆の紅一点である。

「あいつは今どうしてます？」

「寄宿士官学校で、性根から叩き直されているところですね。最近、つまみ食いで酷い目にあってますから、二度とやらないようにと矯正中……らしいです」

「らしい？」

「その手の情操教育と躾の専門家に任せてるんです。僕には子供も居ませんから、子育ての分野は専門外です」

寄宿士官学校には、優秀ではあっても素行の悪い人間というのも入学してくる。何にでも序列をつけたがったり、自分の優秀さを他人に称賛させたくて仕方がなかったりする人間は一定数いるわけで、イキった輩が調子に乗って問題を起こす、などというのは最早風物詩のようなものだ。

当然、学校にはこの手の学生を躾ける手練手管が存在していて、それを得意とする教官もいる。むしろ、そういった人生経験がものをいう教育分野については、ペイスは苦手にしていた。風格や威厳というものに関しては、どうしたって一歩劣るのだ。年齢的にも体格的にも、威圧感や重厚さといったものと対極にあるのだから仕方がない。見た目だけは、どこまでいっても子供である。見た目だけは。

「ペイス様にも苦手なことがあったんですか」

「苦手なことだらけですよ。特に、領主代理やら教官やらは苦手です」

「いやいや、それで苦手って言われましても」

劣等生を首席で卒業させたり、ド貧乏領だったモルテールン領をどえらく発展させてみたり、ペイスがやらかしてきたことは枚挙に暇がない。それで苦手というのであれば、世の中に教官やら領主やらの仕事を得意とする人間は存在しないことになってしまう。

ペイス未満の教官や領主などゴロゴロいる。彼らの立つ瀬がなくなる話だ。

「僕が自信をもって得意と言えるのは、お菓子作りぐらいなものです。お菓子を作りたいがために仕方なく他の仕事をしているのです」

ペイスは、自分が菓子職人であることをアイデンティティの原点に置いている。よく勘違いされがちだが、領地を豊かにするためにお菓子作りをしている、のではない。お菓子作りをするために、領地を豊かにしているのだ。

「それじゃあ、差し当たってシイツさんあたりは、酒の為に仕方なくペイス様の補佐をしてるってところですか」

今度はラミトが従士長をくさす。

「最近じゃあ、シイツも子煩悩になってるらしいですよ。赤ん坊をあやすのに舌を出して、べろべろばあとやっていたのを見たニコロが腹筋を攣りました。笑い過ぎで」

「え？　あのシイツのおっちゃんが？　あ、いえ、従士長が？」

思わず素が出てしまうラミト。

「はい」

「そりゃ笑うでしょ」

お互いに、大笑いだ。

強面で知られる我等が従士長。戦場に出れば一騎当千の勇者。時に脅迫や拷問も平気でやらかす汚れ役。それが、自分の子供の前ではただの親ばかになるという。これが笑わずにいられるだろうか。

「すっかり丸くなったと評判ですよ、うちの従士長は。子供が生まれたことで心境の変化でもあったのか、自分の後継者の必要性を提言してきました。若い人たちには、期待すること大ですね。勿論、貴方もですよ」

「うわ、そう来ますか」

「ええ。これから、どんどん難しい仕事を投げていきますので、期待の表れと思って頑張ってください」

従士長も、孫が居てもおかしくない年齢である。自分に子供が出来たことで、それを強く実感したそうだ。

また、二十年以上にわたって政務を補佐してきた以上、そろそろ一線を退いて、後継者教育に専念する頃合いではないかとも考えるようになったらしい。

次世代の政務のトップに立つ人材。忠誠心と能力を兼ね備え、部下を指導監督し、家中を一つに取りまとめていかねばならない従士長という立場の後継者。今日明日でポンと生まれるものではなく、育成も含めて長期戦略が必要となる人材だろう。

勿論、ラミトもその候補の一人である。

薄々、当人も察していたようだったが、口にして言われたことで背筋に鉄骨が入った。ピンと胸を張り、期待に応えてみせると気合を入れる。

「が、頑張ります」

「差し当たって、急ぎでお願いしたい仕事がこれです」

気持ちが盛り上がったラミトを温かく見守りつつ、ペイスは一枚の羊皮紙を取り出した。

「鉱山技師の勧誘？」

紙に書いてあったのは、モルテールン領内の鉱山開発計画に伴う、技術者確保に関する提言である。

「ええ。当家も最近は状況が落ち着きつつあり、特に農業分野においては安定成長が見込めるようになりました。そして、製糖産業や製菓産業は絶好調です。このまま安定を求める者も家中には居ますが……何かと敵の多い当家としては、産業の多角化を図るべきだと、僕は考えています」

「産業の多角化って何です？」

「色々な産業を領内に抱え込むということです。サトウモロコシなどの商品作物を栽培し、搾汁から砂糖を生産し、お菓子にして売る。これが当家における産業の基本です。そして、食料自給と製菓産業への派生から、麦や野菜の生産や、家畜の飼育を行っている」

「はい」

モルテールン家の産業構造の変遷を辿るなら、カセロールという飛び切りの人材を貸し出す、人材派遣業がメインの産業としてスタートしている。

その後農業振興政策と農地開発に勤しみ、サトウモロコシの生産を始めた時ぐらいから、これらの派生産業が主要産業に躍り出た。

「しかし……これらは全て土台が農業です。天候一つ不安定になるだけで、領内の産業が一気に廃れる危険性がある」

「なるほど」

農業を主要産業とし、食品加工業を立ち上げたはいいもの、根本的な脆弱さをペイスは懸念している。一つの産業に頼り切って領地運営をする危うさを感じているのだ。

「儲かる産業に集中して投資し、人的資源を集中運用することは、より効率的に利益を産む。しかし、集中すればするほど危険性も高まる。危険(リスク)への対処で手っ取り早いのは、分散です」

「ほう、分散というと、ばらけさせるのですか」

ラミトの思いついたものは、農地をいろんな場所に作るということだ。幸いにして土地の広さだけはあるモルテールン領。不可能じゃないだろうと、ラミトは言う。

「農業の生産地をばらけさせても、意味が薄い。無意味ではありませんが。出来るなら、根本的に違った産業を育てたいと思っています」

しかし、弱点が共通の産業を幾ら作ろうと、問題は解決しない。根っこの部分が全く違った産業が必要なのだ。次期領主はそう力説する。

「それが、鉱山技師と関係すると？」

「当家は山に囲まれています。折角なら、ここに有用な資源が眠っていないか探そうと思っています」

「山師の仕事ですね……そりゃ」

山に分け入り、有用な鉱脈がないか探す、アウトドア派の博打打ち。それが山師と呼ばれる人種だ。山の形や地形、周辺の環境、実地の調査や試掘などを踏まえ、有用資源の偏在、所謂(いわゆる)鉱脈を探す職業である。

「折角なら儲かっているうちに、探しておこうと思ったのです。こういうことは、借金まみれになってから慌てて博打のようにやるよりは、ゆとりのある時に落ち着いてやらねばならない。駄目で元々、ぐらいの心構えでないと」

一か八かでやることは、大抵が失敗する。見つかれば得するぐらいの軽い気持ちの方が案外上手くいくものだ。

「分かりました。とりあえず、近隣をそれとなく回って、その手の知識の有る人間を探してきます」

「有るかどうかも分からないものを探すわけですから、無理に一流の職人を連れて来なくても良いですからね。何となくそれっぽい、というのが分かるだけでも役に立ちますから」

「はい」

本気で鉱山の探索に乗り出すのなら、経験も知識も豊富で、一流と呼ばれる人間を出来るだけ多く連れてくる必要がある。

ペイスは、そこまでのことは必要ないという。あくまで余裕があるうちに手を付けておきたいというレベルの話なので、本調査の前の下調べの、更に下調べぐらいの気持ちで居てくれればいい。

「ところで……ラミトが帰って来てることは、誰かに伝えましたか？」

急な話題転換に、ラミトは思わず咄嗟に応える。

「いいえ？　ここに直接来ましたから」

モルテールン領に入って、どこにも寄り道せずに直行してきた。そういうことらしい。

ならばと、ペイスはニヤっと笑った。

「それはいけませんね。この後、ちゃんとナータ商会に顔を出しておくように……待っている人が居ますからね」

ラミトは、ペイスの揶揄(からか)いに顔を真っ赤にした。

危機のお知らせ

その日、従士長のもたらした一報から慌ただしい一日が始まった。

「レーテシュ伯から連絡がきた？」

モーニングティーを和菓子で味わうという和洋折衷を楽しんでいたペイスの元に、シイツが駆け込んできた。久しぶりにゆっくりと朝の時間を過ごせるかと思っていた矢先のこと。実に無粋とペイスは顔を顰める。

聞けば、彼のもとにレーテシュ伯からの使いを名乗る人間が来たというのだ。朝っぱらから中々のサプライズである。モルテールン領を訪れる客人は年々増加しているが、それにしてもかなりの大物のご登場だ。

「伯ご自身が乗り込んでくるってことらしいですぜ」

知らされた内容は、近々レーテシュ伯自身がモルテールン領を訪ね、ペイスに会いに来るというもの。南部屈指の大貴族が、わざわざ足を運ぶのだ。容易ならざる事態であることは間違いない。

何より、領地に訪ねてくるというのが物騒さを増している。モルテールン家の現当主はカセロールであり、王都に居るのだ。それを差し置いて領地に直接やってくるという時点で、先方にどういう意図が有るにせよ、此方の穏やかに済まそうという願望は叶いそうにない。

「……穏やかではありませんね。訪問の理由は？」

お菓子を摘まみながらお茶を飲むペイス。ここにきてもマイペースなのは流石というべきだろうか。

「とりあえず、会って話したいことが有るとだけ」

「どういうことでしょう？」

「さて、耳の早いレーテシュ伯直々ってんですからね。何か嗅ぎつけたのか……どう見ます？」

ペイスは、伝えられた内容に首をかしげる。会って話したいことがある。それだけを伝言として持たせ、直々に会いに来る。このメッセージを、どのように受け止めるべきか。しばらく考え込むペイス。

シイツなどは、その間じっと傍で待つ。なんだかんだ言って、いざという突発的な事態の時、ペイスの判断と決断は頼れるものだからだ。なりは子供で、普段はお菓子お菓子と騒いで余計な事ばっかりしくさりやがる傍迷惑な問題児だったとしても、頼るべき時には頼れる次期領主。領主代行の肩書に、誰もが異を唱えないだけの実力を知るからこそ、じっと待つ。

考えがまとまったのだろう。しばらくして、ペイスがにやっと笑った。

「ご機嫌伺いや季節の挨拶ってことも無いでしょう」

「そりゃまあ」

大身の貴族が何日も掛けて男爵領にやってきて、ややあご機嫌麗しく、などと挨拶して帰る。そんな阿呆な話はない。逆の立場なら大いにあり得る話だが、今回のケースには当てはまるまい。

「レーテシュ領か、レーテシュ家の家中で問題が起きたのか、でなければ、うちの秘密を探りに来るんでしょうね」

ペイスは、レーテシュ伯がやってくる理由について、幾つかの可能性を考える。

「レーテシュ家に問題があるとは？」

「あそこは女系です。後継者問題が勃発し、治める為にうちに協力を求める、というのはあり得ます」

元々レーテシュ伯家には、当代から言って後継者問題がある。

貴族家の当主というのは、神王国の常識からいっても男性が望ましいとされている。これは、神王国貴族が騎士であることを求められるからというのが一点。

騎士が興した国であり、全ての国家制度の基本が騎士を中心としたものである神王国において、戦場で戦えない貴族というのは、概念として矛盾するし、実在すれば蔑まれる。

戦えない侍、みたいなものだ。

戦場で切った張ったと戦う可能性を考えれば、やはり体力的に勝る男性の方が望ましい。レーテシュ家のような女性当主は、元より伝統と常識に反するのだ。

また、一家繁栄を考えたときでも、女性当主というのは不安が残る。乳幼児の死亡率がそれなりに高いこの世界、保険という意味でも子供は多いに越したことは無い。また、信頼できる分家を増やす為にも、当主にはどんどん子供を作って欲しいわけだ。しかし、女性が当主であると、子供が出来るたびに家中の政務が停滞することになる。出来ることなら、女性は奥に入り、子供を産み育てることに集中し、男の当主が政務に専念する形が、多くの神王国人が望む理想的な形なのである。

故に、当代が今の地位にいることを、そもそも好ましくないと思っている親戚は多い。あわよくば自分が当主になれるかもしれなかった親戚筋の男性達などの中にも、当代当主を隙あらば引きずりおろしてやろうと考える人間がいる。伝統と合理に則っていて、ある程度の大義名分が成り立つだけに質が悪い。

これを力づく、実力と実績でもって黙らせているのが現状。並みの男よりもはるかに優秀であり、実績があるからこそ認められているという事実がある。かつては本当に揉めまくっていたのだ。

今現在は燻っていた当代の結婚問題も解決し、子供も生まれている。幾ら残り火があるとはいえ、今すぐに当主交代のクーデターが起きることは無いだろう。だからといって油断できるものでもないのだが、とりあえずは大丈夫。

しかし、次代はどうだろうか。

今のレーテシュ家で後継者となるべき子供は三人。すべてが女児であり、また三つ子であることから年は全く一緒。能力的な部分も団栗の背比べ。まだまだ未知数であり、教育次第では三人の誰が抜き出てもおかしくない。

いずれ子供たちがレーテシュ家を継ぐとして、三人の誰であっても女性当主ということで足元が弱く、また全員がほぼほぼ等しく当主になる可能性から、争いの火種になりやすい。親でさえ見分けが付きにくいのだ。赤の他人からすれば、三人ともが同一存在に見える。

後見として良い思いをしようと企むなら、よだれが出るような美味しい状況ではないか。例えば当代で当主になれなかったもの達ならば、三人娘の誰かを担いでリベンジしようとしても不思議はない。

次代の後継者争いの種は盛大に撒かれている。もし事前に芽を摘もうと思えば、分かりやすいのは政略結婚による地盤固めだ。

「つまり、まだ坊を諦めてないと？」

「流石にそれは無いと思いますが、南部の安定を求める為にうちに声を掛けるというのはあり得ます」

「南部の安定ねえ」

「あの家は三つ子の娘が三人。将来はこの中の誰かがレーテシュ家を継ぎ、その婿と婚家はあのレーテシュ家の財力と軍事力を手にする可能性がある。婚約者は慎重に選びたいところでしょう」

「そりゃそうでしょうぜ」

神王国の常識として、いつの時代も子供の結婚による家同士の結びつきというものはとても重要視されてきた。婚姻政策の効果は、家というもので物事を考える貴族にはとてつもなく大きい。

「南部閥を纏めるレーテシュ家からすれば、他派閥の人間を家中に迎えるのはリスクがある。かといって、南部閥で有力な家といえば……」

「うちか、ボンビーノ家かでしょうぜ。デトモルト男爵では格落ちですし、リハジック子爵は落ち目ですか。後は似たり寄ったりですぜ」

娘が三人いて、誰かが跡を継ぐとしても、婿を取るしか選択肢としてはあり得ない。まさか全員外に出してしまうわけにもいかないだろうし、実子が居るのに養子を取るというのも更に後継者問題を悪化させるだけだ。

ならば、どこから婿を取るかという話になる。

ここで大きな問題が幾つかある。レーテシュ家の当代の時にも問題となったが、まずは家の格の問題。幾ら当人同士が好きあっていようと、現実問題として婿にはそれなりの家からもらうしかない。教育水準が家ごとでバラバラな神王国では、平民階級の人間が国のトップに近い大貴族に婿入りしたところで、そもそも役に立たず居場所がなくなる。小学校卒業程度しか知識がない人間を、いきなり大企業のトップや国政の中枢に据えて、上手くいくはずがないのと同じだ。然るべき家で、きちんと教育を受けた人間でなければ、レーテシュ家の婿にはなれない。資格がない。

また、派閥の色というのも大切になる。レーテシュ家は、意外なことだろうが外務閥に属する。聖国との外交や貿易の窓口になっているからなのだが、南部閥と言われる地方閥には軍系の貴族も多い。もしここで、外務閥、或いは内務閥から婿を取るとどうなるか。ただでさえ外務閥の色合いが強いレーテシュ家が、更に外務閥として濃くなっていくのではないか。内務閥の色がついて、相対的に軍務閥を蔑ろにするのではないか。そのような危惧も出てくる。南部閥の結束に揺らぎが生じ、動揺することは明らかだ。

理想を言えば、レーテシュ家より若干劣る程度の格で、金銭的にレーテシュ家並みに豊かな、軍務閥に属する、南部閥貴族。これがベスト。最善の選択肢になる。

該当者が限られるという点を除けば、要求は明らか。

「直接うちと繋がってしまえば拙いでしょうが、例えばボンビーノ家の遠縁の人間を、うちが後見する形で迎え入れるとかどうですかね」

「程よい距離感で、他所からの影響力を気にせずに済むってえ話ですかい？」

「婿を迎える以上、大なり小なり影響は受ける。ならば、その影響は最小限に留めたいはず。だからこそ、南部の中の弱小貴族から婿を入れる。格落ちによる反対意見はうちやボンビーノの看板を理由に押し切る。どうです？」

ペイスなりの政治的センスで物事を見るのなら、レーテシュ家の三人娘に婿を取って跡を継がせるのなら、レーテシュ家と同じ南部閥の有力貴族の家から婿を貰うのが最善だ。ただし、直系に近いところではなく、出来る限り傍系の所から貰う。

レーテシュ家がこれまで通りの独立性を保ち、婿の婚家に配慮する必要もなく、それでいてメリットもちゃんと確保できる。最善の策となるのではないか。

あとは、当人同士の気持ち次第になる。

こういった婚姻外交は、当人の気持ちを抜きにして、何年も前から根回しが行われる。レーテシュ伯直々にモルテールン家を訪ねてくるのには十分な理由だ。あわよくばペイスを。最低でも協力を。レーテシュ家としてはモルテールン家の好意を勝ち取りたいところだろう。

「ありそうですぜ。で、うちの秘密が漏れてるとしたら、何でしょうかね？」

ここが本題だ。

レーテシュ伯がやってくる。勿論色々な理由が考えられるが、彼女直々に動くほどの大問題であり、その問題がモルテールン家側にあるとしたらなんであるか。

勿論、件の大発明以外にない。

「……魔法のキャンディーでしょう」

「ああ」

ペイスの答えにも、九割がた予想済みだったシイツが、溜息を漏らす。

「あれほど徹底して情報を隠していたのに、どうやって嗅ぎつけたのか。正直、恐ろしくさえありますね」

「とんでもねえ嗅覚でさあ。いっそ、ニンニクでも嗅がせた方が世の為でしょうぜ」

ペイスは、汎用研で研究していた時から、徹底して情報を隠匿してきた。細心の注意を払い、絶対に情報は漏れていないと確信できるほどに機密保持の対策を行ってきたはずなのだ。

にもかかわらず、情報を嗅ぎつけたとなれば、レーテシュ家の情報収集能力恐るべしという他ない。それほどモルテールン家を厳重に監視していたのか。或いは、王立研究所にとんでもなく優秀な情報収集体制があるのか。

何にしたところで、もしも嗅ぎつけられていたならば厄介である。

「……しかし、嗅ぎつけたと言っても、推測の範疇でしょう。何か怪しい、と感付いたってところでしょうね。具体的な情報を掴まれたとも思えない」

しかし、ペイスはレーテシュ伯の思惑について、どれだけ情報を掴んでいようと、確信を持つまでには至っていないと推察する。

断言してしまうペイスの意見に、シイツは疑問符を浮かべる。

「何でそう言い切れるんで？」

レーテシュ家は知られた大家。モルテールン家とは比較にならないほどの情報網を持ち、抜かりなく情報を集めている。彼の家が本気になったなら、もしかしたらペイスが隠していた情報まで確信に足るだけの何かを掴んでいるかもしれない。

可能性の問題として、あり得るのではないか。ならば、最悪を想定しておくためにも、向こうが確信を持っていると思っておいてもいいのではないか。

シイツ従士長はそう考えたが、ペイスの首は横に振られる。

「確信を持てるだけの証拠が有れば、わざわざレーテシュ伯自らが来る必要が無いからです。うちから何らかの成果が欲しいなら、情報秘匿に協力するといえば良い。具体的に何をどう守るかを交渉材料にするわけで、そんな細かい話は予備交渉でしょう」

「なるほど」

「わざわざトップが来るのは、トップでなければ判断できない問題が起きうると考えているから。つまり、不確定要素が多いと思っているからです」

レーテシュ伯が自分で交渉せざるを得ない事態を想定している。これは、モルテールン家との交渉が困難(タフ)になると予想しているからだ。

交渉が困難になるのは何故か。

レーテシュ伯としても、見えていないことが多いからだ。

予想のできない隠し玉があるのではないか、ペイスなりに交渉でひっくり返される、或いは完璧にすっとぼけられる可能性があるのではないか。こう考えているに違いない。

つまり、確信が持てていない。そうペイスは断言したのだ。

「だから、具体的なところまでは漏れてねえってことですかい」

「ええ」

ペイスは、自信満々で頷く。

どうあろうと、レーテシュ家との交渉でボロを出すことは無いだろう。そう思っての発言だった。

交渉当日、やって来たのは三千を超える、完全武装の軍隊だった。

餡子と交渉

「……やってくれますね」

レーテシュ伯から、先ぶれがあってから出迎えの準備をしていたペイス達。隠蔽工作も抜かりなく、出来得る限りの対策をした上での出迎えであったが、その歓迎の鼻先を叩くが如く、先手を打ってきたレーテシュ伯。兵は神速を貴ぶとばかりに、モルテールン家の機先を制する形で軍を入れた。その数三千余。モルテールン領を蹂躙するには十分な数だ。

勿論、高位貴族の移動であるから、移動についても丸腰というのはあり得ないわけで、若干の護衛は想定していた。

しかし、まさかモルテールン領を制圧できそうなほどの軍を動かすとはペイスも予想外であった。

「おうおう、殺気立ってらあ。ありゃ、うちを攻める気ですかい？」

「そうではないでしょう。もしその気が有るなら、東部地域で止め置いたりしません。脅しでしょう」

貴族の交渉事で、ぶん殴って言うことを聞かせる外交というものも存在する。力無きものの訴えなど、聞いてもらえないというのが世の常である。だからこそ、弱い貴族は派閥の庇護を受けてみたり、同盟を組んでみたり、婚姻外交をしてみたり、色々と苦労するのだ。

しかし、一応は同じ王に仕える仲間同士。軍を持ち出すのは、出来るだけ控えるというのが常識である。

この常識を無視して軍隊を動かした。この意図が何処にあるのか。モルテールン領を武力制圧して支配下に置き、技術や知識や財産をそのまま奪おうというのだろうか。

そんなことをしてくるようであれば、モルテールン家は手段を選ばず報復する。夜まともに寝かせるつもりなどないし、ゲリラ上等で徹底的にレーテシュ家の活動を妨害する所存である。レーテシュ伯とて、モルテールン家に手を出せば、恐ろしい報復があることぐらいは分かっているはずだ。

つまり、攻めるぞ、という威嚇。脅しであるとペイスは言う。

「脅しったって、三千からの軍を動かしますかい？」

「それだけうちは脅し甲斐があるということですね。一応、住民には夜間外出禁止令と、自警団には巡回を命じましたから、あとは向こうの出方次第でしょう」

一時期急に軍隊がやってきたことで住人は騒いだが、ペイスの指示で夜間に出歩くことを禁止する通達と、自警団の巡回を始めたことで落ち着きを取り戻した。あくまで友好的な友軍が来ているだけであるという立場を説明して回ったことで、民衆は日常を取り戻している。

夜間に出歩くのは、酔っぱらってレーテシュ軍の軍人と不本意で偶発的な衝突を起こしたり、向こうの軍人が夜の闇に乗じて、住民に不埒なことを行うことを防ぐため。友軍を明るい間は監視し、暗くなったら大人しくしてもらう目的だ。

ことがことなら、宣戦布告なしに一気に武力衝突というリスクが見えている。出来ることならば、ただご近所さんがちょっと物々しく遊びに来てました、というぐらいで終わらせたいものである。

「万が一にも攻めて来たら？」

「うちの庭の中なら何処だって【瞬間移動】出来ます。レーテシュ伯直々に来たというなら、直接狙うか……当家の目ぼしい人間だけ逃がしたうえで、他所から援軍を連れてきますかね。どのみち、向こうにヤる気が有るなら、此方は必ず後手になります。開き直るしかない」

事前通告なしに大軍を引き連れてきた。ここだけ見れば非は明らかに向こうにある。恐らく何がしかの言い訳は用意しているだろうが、ことに及べばタダで済ます気は無い。来るならいつでも来い。

ペイスの度胸の据わりっぷりは、既に歴戦を思わせる堂々たるものだ。

「坊のそういう度胸の良さは、頼もしいですぜ。親譲りだ」

「なら、母親譲りですかね」

「大将が泣きますぜ」

こ揺るぎもしない度胸の良さは、両親から受け継いだものに違いない。シイツはそう感じた。何せ、この神童の父親も、クソ度胸の逸話に事欠かない英雄なのだ。単身で敵陣に乗り込む話が幾つもあるし、失礼かました外国の要人相手に面と向かって喧嘩を売ったこともある。恋人（アニエス）と結婚するために親兄弟と関係各所を全部敵にしたこともあった。シイツには、若かりし頃のカセロールと、今のペイスがダブって見える。

もっとも、ペイスの母親も母親で根性のある女性だ。何もないド貧乏な領地に、身一つで嫁いできて平然としていた。子供を産んでのち、忙しく飛び回る旦那を支えながら肝っ玉母さんとして子育てを行う。娘たちには、貧しさの中でも淑女としてしっかりと教育し、それでいて伸び伸びとして明るい子に育てた。

どちらに似たにせよ、肝っ玉の太さは間違いなく親譲りだ。シイツはうんうんと自分で勝手に納得して頷いていている。

「来ましたね」

やがて、軍の方に動きがあった。僅かな護衛と共にやってくる女性の姿がある。間違いなくレーテシュ伯だ。

ここからは、楽しい楽しいお話合いの時間である。

「ようこそ、モルテールン領へ、レーテシュ伯。わざわざお越しいただきましたこと、光栄に存じ上げます。大したものもない田舎ではありますが、精いっぱい歓迎させていただきます」

「お久しぶりですペイストリー＝モルテールン卿。突然押しかけてしまって、ご迷惑だったかしら」

「ご迷惑などと、そのようなことはありませんよ。閣下であれば、当家はいつでも大歓迎です。ここで立ち話も無粋ですので、当家の屋敷まで案内いたします」

ペイスは、背後から感じる数千からの軍集団の、あからさまに攻撃的な圧力を受け流しつつ、数人のレーテシュ家使節団を屋敷まで誘導する。その間、交わされる会話はゼロに近しい。無言のプレッシャーを掛けるのも、交渉のカードの一つということだろう。無言でいる方が圧力になることもあると、レーテシュ伯は良く分かっている。

屋敷の中に伯爵を通し、応接室に出迎えれば、ここから先は話し合いの時間。軍が脅しであろうという推測が確かめられた瞬間でもある。まずは一安心するモルテールン家一同。

「改めまして、良くおいでくださいました、ブリオシュ＝レーテシュ卿。女伯爵御自らとは、心から驚いております」

お茶で軽く口を湿らせてから、口火を切ったのはペイスの方だった。

「他ならぬモルテールン卿と、大事なお話がありましたから。大勢で押しかけてしまって申し訳ないわね」

「いえ、さほどのことは。しかし、あれほど大勢で動かれるとなると、色々と邪推もされましょう。何故（なにゆえ）あれほどの軍を？」

「最近、特に物騒でしょう。何処とは言わないけど、領内の治安維持すらままならないところもあって。私もか弱い女ですから、旦那がどうしても護衛はしっかりしておけと言い張って」

「セルジャン殿が？」

「ええ。どうもうちの人は過保護なところがあるみたい」

まずは、レーテシュ伯の言い分だ。ここ最近、治安維持が上手く出来ていない領地が有るのではないかという疑いは、モルテールン家も持っていた。特にレーテシュ―モルテールン間で時折そう

いった話が聞かれる。お互いの近隣にある二つほどの小さい他家領地が、治安騒乱の根源地ではないかとの疑惑はあるのだが、他領に押し入ってまで治安回復を優先させるわけにもいかない。

だからこそモルテールン家としては街道を増やし、リスクの分散を図ろうとしているのだが、言い訳に使われると対応も難しい。伯爵は治安悪化を理由に、あくまで伯爵自身の身を案じるが故の措置であり、主人の愛情の深さから来たものだと臆面もなく言ってのける。

まさかレーテシュ伯ともあろう人間が、夫婦間の情でもって軍隊を動かすという重大な決断を左右させるはずもない。どう見ても建前だ。

「家族想いなのですね」

しかし、ペイスはしばらく考えたのち、その建前を受け入れる。ここで反論してもいいのだが、実害が無いなら構わないと開き直った。実際、三千人からの武力集団に恐怖を感じない鉄面皮があれば、何のことは無い、ただの団体旅行客だ。

ヤクザの集団が旅行に来たと思えば手っ取り早い。必要以上に怖がらず、当たり前のことを当たり前にして、難癖さえ付けられなければ大金を落としていく良いお客だ。

心臓に毛の生えたような不良少年なら、大丈夫だろうとモルテールン家一同は平常心を保っている。

「家族想いなのはその通りかしら。娘も溺愛していて、嫁にはやらんと言い出す始末よ。早めに相手を見つけてあげないと、可哀想だって言ってるのだけど」

家族の話題にかこつけて、娘の話をしだすレーテシュ伯。

以前、ペイスの取り込みを謀った女狐の言葉だ。ここは気をつけねばならないところ。嫁は一人で十分というのがモルテールン家の男たちの共通意見である。

「閣下とセルジャン殿の娘です。間違いなく美しくなられるでしょうから、相手探しに困ることはないと思いますが」

「第一志望には振られてしまっているから、他を探すのも大変なのよ？」

第一志望とは誰か。そんなことは、この場にいる全員に分かっている。同じ南部閥の領地貴族であり、非外務閥であり、優秀であり、未成年と呼べるほど若く、顔も整っていて、武術の腕前も一流であり、領地経営の手腕は秀逸で、レーテシュ伯とためを張る謀略センスを持つ男。

そんなものは一人しかいない。

皆の目がペイスに注がれるが、当の本人はカエルの面に小便である。

「縁は何処にあるか分からないものです。焦ることも無いでしょう」

案の定、軽いそよ風のように受け流す。

他ならぬレーテシュ伯自身、三十を超えてから初婚と出産を経験している。十代で結婚するのが常識の神王国では、晩婚も晩婚。嫁ぎ遅れの行かず後家と笑われていたのが、伯爵家の次男坊という良物件を婿入りさせたのだ。その裏で動いたのはモルテールン家であり、ペイスは、彼の夫婦の出会いと結婚までの経緯を全て知る、数少ない人間だ。

縁はどこにあるかわからない。この言葉の共通認識を持てるのは、両家だけだろう。

「なら良いのだけれど……優秀な人間がどこかに居ないかしら。そうね、例えば優秀な研究者のような」

ふっと、女伯爵が話題を変える。グイグイ力押しだったのがすっと脇に逸れたような力加減の上手さは流石だろう。並みならここでついうっかりボロを出しそうなものだが、ペイスは素知らぬ顔ですっ惚ける。

「優秀な研究者であれば、王立研究所に行けばより取り見取りでは？」

「そう思って、この間行ってみたの。色々な研究室を見せてもらったけど、やっぱりピンとくるものが無くて」

「閣下の理想は中々高いようですね」

研究職というのは、領地貴族の婿としては不向きだ。大体貴族としては貧乏な人間が多いし、引きこもりがちだし、政治的なメリットもない。

知的であり、収入が一応安定はしていることから、下級宮廷貴族家の娘辺りが狙う対象にしたりするのだが、基本的にレーテシュ伯家ほどの格と釣り合うことは無い。それこそ、余程の大発見でもしていれば話は別だが。

つまりは、それを匂わせている。

お互いのやり取りで、徐々に攻め込みつつあるレーテシュ伯。ここからが本番と、モルテールン家の面々は知らずと体の力が入る。

「そんな中に、一つだけ気になる研究室があったのだけれど」

「ほう」

「汎用魔法研究室……ってご存知よね」

ペイス達には、やはり、という思いがあった。

色々と他の可能性も考えていたのだが、どうやら〝魔法の飴〟がバレたようだ。

物がどういうものか。完成に近しいところまで出来ていると知っているのか。そこら辺を確かめに来ていたとしたら、ここからはカマ掛けや推論の断定といった、〝確証を得るテクニック〟に気をつけねばならない。

「勿論存じております。一時期顔を出していたことがありますので」

故にペイスは、顔や態度に不自然さが出ないよう、気を付けながら会話する。

嘘はいけない。すぐにバレる。だから、研究所に顔を出していた事実については認める。恐らく、この程度のことまではレーテシュ家としても確証を得ているという予測のもとに。仮にこれがカマ掛けだったらペイスの失点だが、事実を確信した上での発言ならば嘘をついて攻め口を与えるのもペイスの失点となる。何処までが確証でどこからが推論なのか。見極めが求められる。

ジリジリと、いよいよもって鞘当ての様相を呈してきた。

「そこの研究者が素敵な方だと聞いていてね。是非お会いしたいと思っていたら、どうも最近、辞めて他所に言ったと言われたのよ」

「ほう、そうですか」

「……ここに居るわよね」

レーテシュ伯が切り込む。ずばりと聞くことで、ペイスの反応を寸分見逃すことなく観察しようとしている。

「さて、最近、元研究員という者を雇い入れましたが、彼らの前職が汎用研であったかどうかは……」

どうだったかなあ、覚えてないなあ。といった雰囲気を、実に見事に演技するペイス。

勿論本当は汎用研出身と知っている。何せ引き抜いた張本人なのだから。秘密を守るために、あくまでシラを切る構えだ。

「顔を出していたんじゃないの？」

「人の顔を覚えるのは苦手なのです。教え子が居て、僕を慕ってくれていましてね。そんな彼がうちに来るというので雇い入れ、その縁故で元研究員だった方が当家に来てくれたというのが経緯です。元々どこの研究室だったかは、調べてみないとはっきり分かりませんね。多分、仰るように汎用研だった気もするのですが、あまりそこを気にしていなかったのでうろ覚えです」

ペイスは、断言しない。そうだった気もするし、違った気もすると、あくまで惚ける。のらりくらり。暖簾に腕押し、糠に釘、プリンにかすがいである。

レーテシュ伯としても、モルテールン家に雇われたらしい研究員のうち一人が、ペイスの教え子であったと知っている。ここを突っ込んでみても、教え子だったからという建前を崩すのは難しいと見切りをつけた。そこで、攻め方を変える。

「研究員を雇い入れて、何を研究させるつもりなの？」

普通の領地貴族であれば、研究員を直接雇い入れることは珍しい。それも、中央から引き抜くというのはよっぽどだ。無論、無いわけではないいが、当たるかどうかわからない研究に金を出すのは博打のようなもので、網羅的に研究のできる、つまりは宝くじを買い占める、金銭的なゆとりのある貴族がやることだ。当たりがあると分かっていても、当たるまでやり続ける余裕が要る。

それならば、研究所で出た成果を買い取ってしまう方が確実な投資だ。研究設備が既に整っているし、王家からの援助もあるし、他の貴族からも投資が集まる。自分が全部をおぜん立てして独自に研究させるより、王立研究所の研究室に金を出して知識を買うのが一般的。

実際、農業技術などの多くはそのようにして広まっている。

元々王立で研究機関が作られた理由が、人的資源や労力を集中することで効率的に研究を行い、王家が知識と技術を管理し、国家全体の国力の増大のために普及するのが目的。

頭脳を結集し、資源と予算を集めて、効率的に研究開発する。成果は王家が管理し、適切に広める。幾つもの貴族がそれぞれ個別に、同じような研究を重複させるより、国家としてみれば遥かに効率的というわけだ。

自前で研究員を雇い、研究させ、成果を独占するという考え方も無いではないし、過去に実際挑戦した例はある。技術の独占というメリットがあるのは事実なのだ。しかし、成功したのは極一部である。大抵は、研究費をドブに捨てるような羽目になり、失敗している。

つまり、研究員を雇って研究させている時点で怪しい、とレーテシュ伯は言う。

「当家の機密事項ですが」

「私にも言えないと？」

「如何(いか)に閣下といえども、言えぬことはあります。日頃お世話になっていることは重々承知しておりますが、機密についてはご了承頂きたいものです」

研究開発は、内容が何であれ他家に話すものではない。秘密にするのが当たり前。ペイスの常識論に、レーテシュ伯は更に踏み込む。

「魔法の汎用化……いえ、その実用化ではなくて？」

「それが出来ると素晴らしいことですが、当家の目下の課題は別のものです」

「別？」

必殺のつもりでクリティカルな急所に斬り込んだつもりのレーテシュ伯だったが、ペイスは勿論この手のツッコミは予期していた。最悪、魔法汎用化について聞いてくるであろうと予想していたわけだから、焦ることなく研究員を雇った建前を説明する。さも、観念した、秘密を話しましょう、という感じで。殊勝な態度を装うことに関しては、悪童の名も高き少年からすれば、何年もやって来た筋金入りである。

「当家の機密事項ではあるのですが、分かりました。他ならぬ閣下に隠し事は致しますまい。くれぐれも他言無用に願いたいのですが、実は鉱物資源を調査しようと思っているのです。その為に鉱物資源の鑑定の出来そうな人材を探していたわけです」

「それが雇った研究員だと？　偶然にしては出来すぎね」

「教え子の知人に偶々詳しい人間が居りまして。研究者だったらしいとは聞きましたが、そちらの方は副次です」

「……そう来るわけね」

汎用研で、長らく鉱物の魔力蓄積効果の検証が行われていたことはレーテシュ伯も調べがついている。まさかそちらで堂々と言い訳を用意しているとは思わず、伯爵も攻め手を欠いてしまった。元々、モルテールン家が魔法の汎用化に成功したという証拠があるわけでもないのだ。ここまで徹底して惚けられ、おまけに言い訳も準備されていては、女伯爵としても中々次の手が見つけられない。

「研究者に合わせて貰うことは出来るかしら」

こうなっては、攻める相手を変えるしかない。レーテシュ伯は、本丸が落とせないなら、せめて何がしかのとっかかりが欲しいと、手掛かりになりそうな人物に会いたいと依頼する。

「まことに申し訳ないのですが、今彼らはあの山の調査をしています。帰って来るのは一ヶ月は先になりますね」

「【瞬間移動】で運んでくれれば一瞬ではなくて?」

「父がそうそう都合よく帰って来てくれるとも思えませんし、急ぎで連絡するとしてもここから王都となりますと、やはりひと月は見て頂かないと」

ペイスの魔法は【転写】であり、お絵かき魔法というのが公式な発表内容。父親の【瞬間移動】をコピーしていて、自由に使えるというのは機密事項だ。

もっとも、レーテシュ家にはとっくにバレていて、モルテールン家としてもバレているであろうことは承知している。しかし、あくまで公式な立場は崩さない。崩せるものでもない。

「貴方の魔法で何とか出来ないのかしら」

暗に、ペイスの秘密を匂わすレーテシュ伯の揺さぶりである。ペイスの魔法が何処まで出来るのか、父親が魔法を〝貸している〟とされる情報の真偽も探ろうとしているのだろう。

「僕の魔法はお絵かきの魔法ですから。大きな布に伝言を書いて旗揚げでもしますか？　運が良ければ向こうの山に居る人間が気づくかもしれません」

「そういうことではないのだけれど……ふぅ」

「お疲れのようですね」

「糠に釘を打ってる大工は、今の私のような気分でしょうね。無性に疲れるわ」

真実を暴こうとするレーテシュ伯。兵を引き連れて脅しても効果なし。カマ掛けにも乗らない。情報を探ろうとすれば惚けられる。そもそも話している内容が何処まで本当か分からない。ここまで徹底しているのだから、何かあるのは確かだろう。レーテシュ伯の確信は深まる一方だ。

しかし、肝心の〝何を隠しているか〟が掴めない。

敏腕ネゴシエーターたる女史であっても、頭をフル回転させながらも長引く交渉に、疲れを見せ始める。

「そうですか……ああ、折角ですから、とっておきのものを閣下にお見せいたしましょう。これはまだ当家の中でも限られたものしか知らないものです」

「それは期待しちゃうわね」

ここにきて、モルテールン側からの新情報だ。

疲れきったところを見計らっての攪乱と思われる。人間、疲労が溜まると正常な判断を行うことが難しくなる。勿論、半日交渉した程度で判断を間違えるレーテシュ伯ではないが、こうやって意図して混乱させてくるテクニックとは、分かっていても厄介だ。

新しい情報をインプットされる時、賢い人ほど頭を使う。既存の情報についての関連性や、整合性を気にしてしまうからだ。頭のいい人間が、論旨や論点がコロコロ変わるディスカッションや会話に疲れるのもこれが理由。

いっそ無関係なもので論点をずらそうと狙っているのか。或いは、関係ありそうなもので交渉相手の思考を乱そうとしているのか。はたまた他に深謀遠慮が隠されているのか。気を抜けないまま、レーテシュ伯はペイスの次の手を待つ。

「どうぞ」

ペイスが次の手として出したのは、供応のお茶とお菓子だった。

何とも拍子抜けではあるが、レーテシュ伯としてはだからこそ改めて気を引き締める。目の前の少年は、少しでも気を抜けばそこからガバッと噛みついてくる猛獣のような存在だと知っているからだ。事実、過去に僅かな手間を惜しんだが故に金貨を万単位で損をし、貧困に喘ぐ羽目になった貴族も居るのだ。

「これは？」

レーテシュ伯は、出されたものを見る。一見すると、ただのパンに思える。小麦パンを焼き上げた時のような香ばしく美味しそうな香りが鼻をくすぐり、僅かに乗せられたゴマらしきものが独特のフレーバーで食欲を刺激してきた。

これは、パンだけでも相当に上等なものを使っている。恐らくモルテールン産の小麦なのだろうが、だとしたら、何を狙っているのか。

「餡子(あんこ)という豆のペーストを使った、アンパンです。非常に甘くて美味しいパンですよ」

「あら、本当、美味しいわね」

一口だけ、口にしたところでぶわっと広がる甘味。一見暴力的にも思えるのに、それでいてさらさらと唾液に溶けていくペースト状のものが、パンの塩味と合わさったときの素晴らしさ。まるでこれが世界開闢(せかいかいびゃく)以来の真理であるように、過不足なく互いを補い合っている。

何より、疲労した頭にはとても心地よい味なのだ。カラカラに乾いたタオルに水を滴らせた時のように、張り詰めた緊張の中で酷使した頭脳に染み渡る甘さが何とも言えない幸福感をもたらす。

一口、また一口と、ついつい食べ進めてしまう美味しさ。これは凄いと、レーテシュ伯も思わず驚いた。

「そうでしょう。……細かい手順は省略しますが、豆と砂糖が材料です。パンは別口で」

「へえ、どんな豆でも良いのかしら」

「そうですね、豆の違いによって味は変わりますが、基本的には大抵の豆でいけます」

明らかに、話題を逸らされている。汎用魔法の結果について言質を取りに来たのに、気が付けば新しい甘味について話し込んでいる有様。

「それなら、あの豆はどうかしら」

分かっているのに、逆らえないだけの魅力が、餡子なるものには存在する。

ふと、レーテシュ伯は閃くものがあった。

今までに無い、豆ペーストの甘味という新商品。これをモルテールン家が今後広めていくというのであれば、自分の所にも是非取り込みたい。

恐らく、交渉についてもすっ惚けられると確信したペイスが、レーテシュ伯の顔を立てるためにあえて用意していた〝土産〟なのではないか。そう思えてさえくる。

ならば、ここで意趣返しの意味でも、ペイスの知らないであろう情報をぶつけてみる。それでこそ、新たに何かしらの反応(アクション)を、ペイスが見せてくれるかもしれない。

「あの豆？」

「この間、ちょっと遠くから交易しに来た商船から買い上げた豆があるの。とても苦い豆で、フルーツの種のようなものらしいのだけれど、独特の風味があるって言っていたわね」

「苦い豆……」

「フルーツについて色々と取り寄せてるから、今持っているのは我が家だけでしょう。珍しい豆ですから、もしかしたら興味がおありかもしれないと、持って来ているのよ」

一応、使うかもしれないと思っていた交渉材料。

ペイスが、航海病(壊血病)の治療として広めたフルーツ治療が頭にあったからだ。自分がフルーツを欲しいがために、大問題となっていた病気の治療法を無償公開するというあり得ない施策。きっちりと自分たちの分のフルーツは確保しやがったわけだが、それを踏まえ、新しいフルーツであれば、もしかしたら取引に使えるかもしれないと考え、持ってきていたのだ。

部下から渡され、すっと取り出した豆〝らしき〟もの。

ペイスがそれを見た時、そして独特の香りを鋭敏な嗅覚で感じ取った瞬間。今まで冷静で狡猾な仮面を被っていたペイスが、仮面を捨て去る。

「……閣下、この豆について改めてお話をしませんか？　閣下のお知りになりたいことをお教えしますので」

ペイスの頭の上には、カカオ豆という言葉が浮かんでいた。

耳を疑う話

「話を聞こうか」

王都モルテールン家別邸。男爵位を持ち、中央軍大隊の一隊を預かる英雄の住まいとしてはこじんまりとした建物にある執務室の中、二人の大人と一人の少年が顔を突き合わせていた。

大人とは、モルテールン家古株の重鎮コアントロー＝ドロバと、ペイスの父であるカセロール＝ミル＝モルテールン男爵の二人だ。王都に詰めきりで宮廷貴族としての職務をこなし、大隊を管理運営する軍務貴族の一人。

言うまでもなく、男爵自身はモルテールン領を所有する領地貴族でもあるのだが、大隊長の任に集中するために、領地運営の、即ち領地貴族としての職務の一切を息子に委任していた。

今日は、久しぶりに息子ペイストリーが会いに来た。何事かと思えば、重要な話があるから報告を直接しに来たという。

王都にいる間の、家中管理の一切を取り仕切るコアントローも同席をし、話を聞く体制が整ったところでの先の発言。

カセロールは、息子の報告が如何なるものであろうと驚くまいと、覚悟を決めている。

「結論から単刀直入に報告します。レーテシュ家と〝魔法の飴〟について情報保護の協定を結ぶことになりました」

ふう、とカセロールはため息をついた。これは、覚悟していたよりかはまだ常識の範疇といえる報告内容だったからだ。

過去、ペイスがやらかしたことを羅列していくと、おおよそ一人の人間がやらかしたことだとは思えないことが並ぶ。

敵対する貴族を嵌めて没落させたことも幾度か。これが穏便な方だというだけで異常だ。いきなり戦争をおっぱじめる算段を付けてきただとか、誰も聞いたことがないような〝他人の魔法の転写〟なることが出来ちゃいましただとか、世界をひっくり返す大発明をやっちゃいましたテヘペロだとか。少しは自重しろと説教したことは数知れない。

大の大人でも頭を抱える大問題を持ち込んできた過去に比べれば、他所の貴族と協定を結ぶことぐらいは可愛らしくさえある。

勿論、普通ならば子供が一家を代表して他家との条約交渉を纏めるというのも異常なのだが、既にモルテールン家の人間は、感覚が麻痺している。

改めて、内容を知りたいとカセロールはペイスに続きを促した。

「ふむ、詳しく教えてくれ」

「ことの起こりは僕が王都に招聘(しょうへい)されたことに始まります」

「例の陰謀だな」

モルテールン家は、何かと目立つ家だ。当主が国王の覚え目出度き大戦の英雄にして、世に広く知られた魔法使い。領地はここ数年他家の追随を許さないほどの大発展を遂げており、宮廷貴族として招聘されてからは国家の重責の一翼を担うようになった。

足を引っ張りたい連中や、妬ましいと思っている連中は腐るほど居るわけで、それらの思惑からペイスにも陰謀の魔手が向けられたのだ。

旧来貴族の世界では、領地貴族を中央に呼びつけ、適当な理由を付けたうえで不慣れな仕事をやらせ、失敗を待って罠を仕掛ける、などという陰謀はありふれていた。仕事に失敗したのは陛下の信任に背く行為だ、などといちゃもんを付けるとか、損失を補填する必要があるだとか、或いは思っていたほど優秀な人間でなく評判倒れだと風評を流すだとか、失敗させてしまえば足の引っ張り様(よう)は色々あるものなのだ。

ペイスも同じくこの策謀を受け、寄宿士官学校の教官という、明らかに不慣れと思われる仕事をさせられる羽目になった。領主とその息子を共に領地から引き離すことで、急発展する領地経営に待ったを掛ける意味もあったと思われる。

勿論、断ることも出来ただろう。

ところが、ペイスはこの策謀を逆に利用した。

「はい。僕は折角のチャンスだったので有望そうな者を鍛え、その功績を利用し、十名を超える卒業生を確保することに成功しました」

「あれは良くやった。当家の足を引っ張ろうとしていた連中も顔を青くしたことだろう」

足を引っ張ろうと手をだしたら、踏み台にされた。踏まれた連中は手痛いどころ話ではない。十歳そこそこの人間に、裏をかかれた挙句にしっぺ返しを食らったとなれば、世の笑いものとなってしまった。手が痛いどころか、大傷を負ってしまったわけだ。

今や、コウェンバール伯爵を始めとする、陰謀を主導していた貴族の一派は影響力を相当落とし、大人しくしている他ない有様である。

「ありがとうございます。この時、当家に引っ張れなかった教え子の一人が、王立の研究所に就職したのです」

「ほう、優秀だな」

「ええ。学生時代から頭は良かったですね。明らかに遅れたスタートながら何とかついていけるだけの要領の良さ持ち合わせている。その人物から、自分の研究室に協力して欲しいと依頼があったのです」

「ふむ」

件の陰謀に巻き込まれたのは、ペイスだけではなかった。

陰謀を企んだ者は、寄宿士官学校で散々に荒らしまわったペイスに対し、堪らないとばかりに隔離先を用意した。勿論、直接的にではなく婉曲な形でだが、見る人が見れば、滑稽な話である。子猫を大人しくさせるつもりで撫でようとしたら手を噛まれて、慌てて籠の中に放り込もうとするようなもの。笑われるのも仕方ない。

用意された籠が、王立ハバルネクス記念研究所汎用魔法研究室。ここに先んじて就職していたのがペイスの教え子の一人であるデジデリオ＝ミル＝ハーボンチ。卒業時は上位席次だった有能な青年であるが、吃音症の傾向から人付き合いが苦手で、引きこもって仕事のできる研究職を選んだという。

その彼が、陰謀に巻き込まれる形で噂に踊らされ、ペイスを汎用研に引き入れたのが事の発端だ。

「巨大な飴細工を引き取ってくれるというので協力することにしましたが、その過程で、ついうっかり〝魔法の汎用化〟に成功してしまいました」

「……なに？」

今、何やらとんでもないことが聞こえた気がすると、カセロールは思わず聞き返した。

「魔法の汎用化に成功しました。飴細工を介して、恐らく殆どの人間が魔法を使えるようになります」

魔法の汎用化。つまりは誰でも魔法が使えるようになること。

素人が考えても、社会に与える影響が天文学的なものになりそうなことが想像できる。今まで魔法を使える人間は数万人に一人の割合で存在していたが、それがほぼ全員使えるようになるということ、単純に考えても魔法使いの数が万倍に増えるということだ。

この世界、魔法という物理現象を無視した超常の力を持つものは、例外なく重要な地位を占めてきた。これが崩れるとなれば、生まれつきの魔法使いは生死を賭す勢いで反応してくるに違いない。

カセロールとて、もしこれが他家の話であれば、その家を潰す方向に動いていただろう。

「頭が痛くなってきた。報告は受けていたが、もっと深い考えあってのことかと思っていた」

ついうっかりで、やらかしてしまうような物ではない。父親の頭痛は、酷さを増していくばかりだ。思わず頭を抱え込んでしまう。

「偶然の産物ですよ父様。罰則を兼ねてルミとマルクに実験させましたが、あの二人が王都からモルテールン領まで、僕の手助け無く【瞬間移動】することに成功しています」

「世の中がひっくり返りそうな話だ」

カセロールが使える【瞬間移動】の使い勝手の良さは、他ならぬカセロールがよく知っている。誰でも、少なくとも成人の時に魔法使いではないと判断されたルミとマルクに使えるというのは、一大事件だ。

「勿論、この件については最上級の情報防護措置を取りました。出来る限りの手当てをしましたが……何故かレーテシュ家〝だけ〟は嗅ぎつけてきました」

「狐と異名を取るほどの女傑だ。勘の良さだけなら国内一かも知れんな」

徹底して情報漏洩対策を行い、絶対に漏れていないと思えるにもかかわらず、何故か嗅ぎつけてきた臭覚たるや、狐の異名は伊達ではない。この場合は嗅覚と呼ぶべきだろうか。いっそ、嗅覚の鋭さ的に犬か狼か、でなければ豚あたりに改名した方が良いかもしれない。豚の嗅覚は犬よりも鋭い。女狐改め、メス豚と呼ぶ。色々な意味で誤解を招きそうな綽名(あだな)であろう。これは無いなとカセロールは頭を振った。

「直接乗り込んで来た上に、カマ掛けはするは脅しはするわ……手段を択ばずっていうのは、ああいうことを言うのでしょうね」

「シイツからの報告は聞いている。兵三千を並べて威圧したそうだな。国軍にも正式な報告が上がっていた。自身の護衛の為という理由だったが。私の所にも事実確認があった」

国内とはいえ、他家の領地に軍を入れるのだ。誰がどう見ても軍事行動であり、批判されてしかるべきことだろう。しかし、物騒な世の中、女性が護衛の為に幾らかの戦力を侍らせるというのは暗黙の裡に認められている。

どこまでが適正な護衛であり、どこからが過剰な戦力なのか。議論しだせば水掛け論となり、決めることなど出来はしないだろう。だからこそレーテシュ伯が意表を突く形で動員して見せたのだが。

いざとなればこれぐらいのことが出来るのだという、明確な脅しである。

「当人もそうおっしゃっていました。旦那がか弱い女伯爵の身を案じたが故に、少々過剰になってしまったが、あくまで護衛であると」

「しらじらしい話だ。戦場に立ったこともあるのに、今更か弱いも無いだろう」

レーテシュ伯も貴族家当主である以上、いざとなれば戦場に立つべきである。これは神王国の伝統であり、不文律であり、掟だ。だからこそ、彼女の当主就任時、反対意見を抑えるために、自ら戦場に身を晒したこともあった。

か弱い、とはとても呼べない勇ましさだ。それでなければ海賊と呼ばれたレーテシュ家の、血の気の多い連中を抑えられなかったのもある。

今現在は、夫であるセルジャン＝ミル＝レーテシュが軍事のトップに居る。南大陸の伝統的なメンタリティとして、軍隊を率いるのは男が望ましいのだ。

つまり、形式上レーテシュ家の護衛の差配は夫の仕事。レーテシュ伯自身もあずかり知らないところで、過剰な護衛を用意されてしまった、と言われてしまえば彼女自身を強く非難することなど出来はしない。精々が嫌味を言える程度だ。

あくまで、自分の身を案じる旦那の心配性と、愛情の深さ故と開き直る態度。面の皮の厚さは、どこかの誰かといい勝負である。

「そこまでしてきたので、此方も本気ですっ惚けました。どうあっても尻尾は掴ませないつもりでしたが……向こうが、思わぬ交渉材料を出してきまして」

「何だ？」

ペイスの強かさ、狡猾さは、父親であるカセロールもよく知っている。領地運営を預けるほどであり、近い将来家督を譲るつもりでいるほどだ。自分よりもよほど賢いと思っている。

そのペイスが言う〝思わぬ交渉材料〟とは何か。

カセロールも緊張する。そして、ペイスが一言。

「カカオ豆です」

一瞬、カセロールはペイスが何を言っているのか理解できなかった。

たかだか豆ごときで、国家を揺るがすような重大な技術についての情報を天秤にかけるものなのか。あり得ない話、と考えたところで、自分の息子の唯一にして最大の欠点を思い出した。

「……はぁ、分かった。お菓子だな」

自分の息子は神に愛された神童、と言って憚らないカセロールではあるが、息子の趣味についてだけは何度となく矯正を試みて、諦めている。

僅かな支出にも四苦八苦している貧しい時から、お菓子という贅沢品を求め、更にはそれが高じて自分で作り出すといった、趣味の権化。お菓子の暴走馬。スイーツモンスター。今回ももし趣味を領地の政務より優先したのだとすれば、由々しき事態である。

顔つきが険しくなるカセロール。

「はい。ですが、僕の趣味というだけではありません。カカオ豆は非常に大きな価値を持つのです」

ペイは、勿論父親の懸念を理解している。だからこそ、こうやって説明に赴いたのだ。

「大きな価値？」

「はい。冗談抜きに、国家経済を左右する潜在価値（ポテンシャル）があります」

「そんなにか⁉」

ペイスの発言に、カセロールは驚愕した。カカオ豆について、確かに聞いたことのない豆の名前だったからには、珍しいものなのかもしれない。特産品になる可能性はある。

将来を含め、自分の領地の経済を左右するというならまだ理解できる。実際、豆作を行うようになって農業生産量が劇的に改善した過去もあるからだ。

しかし、国家経済とは一つの領地云々と比べても桁が違う。

「これからカカオについては一大産業になると確信します。出来る限り早期にこれの栽培技術を得なければ、レーテシュ家に栽培技術を独占されてからでは非常に拙い事態を産むと判断しました」

「なるほど、それで〝魔法の飴〟の情報と交換したか」

「ええ。バーター取引です。僕は、この取引は正当……いえ、当家の方がプラスだとさえ思っています」

ペイスが汎用魔法の情報と引き換えに手にしたものは、カカオ豆そのものの他に、今後の優先的なカカオ豆購入権もある。他にも幾つか、レーテシュ家側に負担してもらえるものと引き換えに、汎用魔法の情報をほぼ全て話した。勿論、研究者の引き抜きは絶対に許さないという条件で。

今後、レーテシュ家としては、モルテールン家と同じように汎用的な魔法の技術入手を模索するのか、或いは成果のみの購入と独占を狙うのか。情報があまりにもデカすぎた為に、今後の検討とされた。勿論、秘密協定である。レーテシュ家が本気で情報隠匿に動けば、情報を探り出すのは仮に王家でも難しいだろう。

「私にはその、何といったか」

「カカオ豆ですね」

「ああ、そのカカオ豆なるものがどれほどの価値を有するか分からない。個人的な意見で言えば、たかが豆に世界を動かす大発明と同等以上の価値を見出すことは出来ないが、お前がそこまで確信を持って断言するのであれば、信じよう。元より領内のことはお前に任せたのだ。家のことは私が決めるが、領のことはお前が決めたことが最終決定だよ」

結局、カセロールとしては息子の話を信じるか否かということに終始する。ペイスがカカオ豆に見出した価値が、本当に国家を動かせるほどの価値を生むものなのか。信じがたいというのが正直なところであっても、息子の言葉を信じるのがカセロールという男だ。

息子が断言したのだ。ならば、最後の責任は自分が取るから好きにやれと、力強い言葉を掛ける。

「それで……実は父様に相談したいことが一点」

しかし、ペイスは更にまだ何かあるという。

ここまで大きな話がポンポン出てきた後の、相談事だ。身構えて当然である。カセロールの体が強張る。

「何だ?」

「一つ、無くしてしまいたいものがあるのです。結構大きいものなので、父様に事前に相談しておくべきだとシイツに言われまして」

「言ってみろ」

シイツがカセロールに相談するべきという。嫌な予感しかしない。責任をどうあってもカセロールに背負わせたいという意図が透けて見える。面倒ごとを押し付けられたのではないかという冷や汗が、男爵の背中に流れる。

「……山を消そうと思います。出来れば山脈ごと」

やはり、とんでもないことを言い出すペイスだった。

あり得ないこと

天気のいい日は、人の往来も多くなる。

特に、領都ともなると出入りする人間も増えようというもの。

モルテールン領ザースデンにやって来た若者が、馬車を一棟の建物に入れた。馬車から軽く飛び降りた若者は、建物内を見渡し、目当ての人物を見かけたところで声を掛ける。

「師匠、お久しぶりです」

「おお、デトマール、よく来た。久しぶりじゃないか」

行商人デトマール・シュトゥックが声を掛けたのは、自分の師匠であるナータ商会会頭デココ=ナータである。

二月ぶりにモルテールン領に戻ってきたデトマールは、懐かしくも頼もしい師匠に、明るく人懐っこい笑みを向けた。

「ご無沙汰してます」

「噂は聞いているよ。中々頑張っているらしいじゃないか」

デココは、自分を慕ってくれる弟子を歓迎する。自分からも近づき、軽く肩を叩いて久しぶりの挨拶とした。

ナータ商会はモルテールン領に本拠を置き、神王国南部を中心に活動する、王都にも店を構える大店である。既に従業員は三桁に上り、動かす金貨も万単位となっている大商会であり、そこの会頭となればちょっとした権力者だ。少なくとも、弱小貴族よりは遥かに金を持っているし、動かせる人の数も多い。傭兵を警備のために雇っていることを思えば、実力行使部隊も抱え込んでいる。時によっては、貴族位のある人間が上座を譲る程度には一目置かれる存在だ。

そんな会頭が手塩にかけて育てた愛弟子。ナータ商会の従業員も、ローカルな有名人として噂を聞く。また、ある程度意図的にデトマールを始めとする出入りの商人の噂話は集めている。行商人というのはとにかく収入が不安定な商売で、昨日御大尽だった人間が、次の朝には借金まみれとなっていることも珍しくない。だからこそ、下手に不良債権や不良在庫を掴まされないよう、関係する取引先については情報を集めるのも仕事のうちなのだ。

まして会頭の愛弟子。必要以上に情報は集まり、集まった情報はデココの下に届けられるといった寸法。

それによれば、デトマールは最近もちょこちょこ大きめの取引を成功裏に終わらせ、数年分の生活費ぐらいは蓄えていると目される。行商人としての才能は、流石にデココが見込んで鍛え上げただけのことはある。

つまり、愛弟子云々を抜きにしても、小金を持ってる上得意先というわけだ。

「え？　そうっすか？　いやあ、俺もいよいよ一端の行商人になりましたかね」

まだ若いデトマールは、そんな商会の裏事情も知らず、自分がちょっとばかり有名になったらしいと知って喜んでいる。十代の年頃といえば、自己顕示欲も旺盛であり、成功してやるという上昇志向も強い年ごろだ。

照れたように頭を掻くデトマールを、師匠のデココは温かい目で見つめる。そして、弟子の言った〝一端の行商人〟という言葉を聞いて笑う。

「ははは、一端の行商人になれたかどうかを気にするうちはまだまだだろう」

自分も若かりし頃、行商人として胸を張りたいと思っていた時期がある。まだ馬車も台車も持っておらず、籠を担いで荷を詰め、道なき道を歩いて山を越え、額に汗しながらモルテールン領に行商に来ていた頃があった。その頃は、早く金を稼いで馬車や馬を買って、一端の行商人になりたい、と考えていた気がする。

商人を志したものなら誰もが通る、通過地点のようなものだ。つまり、まだまだ甘ちゃんの駆け出しということに他ならない。

「厳すぃいお言葉ですね」

「事実だからね。ほら、子供が早く大人になりたいって言ううちは、まだまだ子供だなって思うだろ？」

「ははあ。なるほど」

「子供に戻りたいって思うようになったら、誰が見ても大人になっている。行商人も同じさ。早く一人前の行商人になりたいと考えているうちはまだまだ駆け出しで、駆け出しのころは良かったと懐かしむようになると、立派な商人さ」

実際、デココ自身も時折無性に行商人に戻りたくなる時がある。

遠いところから長旅をして、異国の珍しい商品を運んできた行商人の相手をした時。ふと、遠くの街の祭りの時期であることを思い出した時。或いは、商会の主として日々雑務をこなし、自由な時間がめっきり減っていると自覚した時。激務が続いて睡眠不足が続いた時。

不安定さと引き換えに、自由があった行商人時代。懐かしく思い、ふと戻りたく思う。そんな時、自分は既に店を構える街商人なのだと思い出す。あれほど成りたいと思っていた街商人、恋焦がれていた自分の店。これがかつて憧れた夢なのだと思い出すのだ。

そして改めて、これからも頑張ると覚悟を新たにする。

昔を懐かしむことこそ、弟子の言うところの一端の商人なのだろう。

「じゃあ俺はまだまだですか」

「まだ十年もやってないわけだから、焦ることはないよ。自分の身の丈に合った商売を重ねて、少しずつ幅を広げて行けば良いのさ」

「うっす」

デトマールはまだまだ若い。しかも、行商人としてまとまった荷物を運ぶのに必要な馬車であったり、時間をかけて築くべき、ある程度の確度の高い利益の見込める行商ルートなど、おおよそ行商人として大事なものを師匠から譲り受けているのだ。

よくある行商人見習いや、商人になると家を出たばかりの人間のように、金も人脈も無い状況ではない。焦る必要などないのだ。

確実に、少しずつでも利益を積み上げていって、経験を買うつもりで居れば良い。

スタートの時点で恵まれているのだ。後は経験と修羅場の数が増えれば、いつの間にか一端の行商人となっていることだろう。

「それで、今日は何を持って来たんだい？」

普段なら客に対する馬鹿丁寧な対応をするのだが、今日は意味があってあえてラフな対応をするデココ。

それに気づいているのかどうか。デトマールは、自分が持ってきた商品について尋ねられて、少し嬉しそうに覆い布を外した。

バサッと夜露除けの布を落とせば、馬車の荷台には何とも面白いものが乗っている。

「干し肉とくず鉄っす。干し肉は塩気が強いものなんですが、身は厚いのにしっかり水分を抜いてある上物ですよ」

一言でいうなら地味。カラフルさが一切ない、肉と鉄。それも、保存のために黒くなっている肉と、多少なりとも錆の浮いた赤茶に鈍色(にびいろ)の鉄である。普通ならばこんなものを行商の荷に選ぶことは無いのだろうが、そこはモルテールン領に精通した行商人。ちゃんと、意図があってのことである。

「ふむふむ、なるほど。確かにモノは良いね」

商品の見分をするデココも、おおよそ弟子の思惑を察しながら物を鑑定した。弟子が自慢げにするだけあって、まともな商品ではあるようだ。少なくとも、肉が腐って緑色になっていることもないし、カビが生えている気配もない。間違いなく保存の利く、上等品の肉である。

「んで鉄ですよ。東の方で使用していたものを集めてきましたから、品質に関しては間違いないでしょう」

次はクズ鉄の見分。これにしたって、錆が浮いているということは、逆に言えば鉄の純度もそれ相応だということ。混ぜ物をしてあったり、粗悪品であれば、こうも奇麗に一律の錆は浮かない。

錆を少し擦ってみる。錆を適当に塗り付けているわけでもなさそうで、ちゃんと見えない芯までまともな鉄であるようだった。時折あるのだ、青銅や炭、或いは硫黄分の多い屑などの混ぜ物をした鉄に、それっぽく錆を塗り付けて高品質に見せかける手口。弟子が自分を騙そうとしているとは思いたくないが、弟子も騙されて粗悪品を掴まされている可能性はある。入念なチェックは欠かせない。

指で幾つか弾いてみても、似たような音を出す。一部だけ良品で、粗悪品が混ぜてあるということも無さそうである。

「壊れているが、鎧や剣が多いな。どこかの軍の放出品かい？」

屑鉄とはいえ、元は何かの製品であったはず。折れたり罅が入ったりした剣やら、ボコボコに凹んで原型を留めていない鎧の成れの果てといったものが多いところからして、どうもお堅いところからの出物のようだった。

気を付けなければならないのは、これが〝盗品〟である可能性だ。貴族の使用する剣や鎧には、時折分かりづらい場所に隠し紋章があったりするので、それで売買のルートを辿られることがある。正規の売買であるし、モルテールンの後ろ盾のあるまともな商会のナータ商会ならば大丈夫だとは思うが、盗品の転売に関わってしまった場合は、要らぬ厄介ごとが襲い掛かってくることもあり得る。

特に、今回の持ち込み品は、見るだに形が揃っている。いや、揃っていた形跡がある。盗品でない確認は、しておいた方が良い類のものだ。

もっとも、弟子に聞くのに〝盗んできたのか〟とは聞かない。出所をはっきりさせれば十分だ。

「流石師匠。その通りです。東の方の幾つかの貴族が、会計検査されてましてね。倉庫やらに溜まっていた破損品を一気に現金化したんですって。事情があって格安で引き取った商会でタイミング良く買えました。保証書こそありませんが、質は確かです」

「ふむ……良いね」

「でしょう」

ナータ商会は、モルテールン家の繋がりで東部の領地貴族にもある程度のコネがある。そこから、東部にも一定の情報源を持つ。

デココが弟子の言葉で思い出した情報によれば、隣国のルトルート辺境伯家没落と、領地の神王国併呑に伴い、東部貴族の勢いが一時的に増していたはずだ。大方、それを牽制するために、内務系の宮廷貴族辺りが動いたのだろうと思われる。新しく領地を貰った貴族などはともかく、古くから東部に領地を持つ貴族などは、調らべられれば後ろ暗いことの一つや二つはあるはずで、指摘を受けて現金が必要になることもあり得るだろうと思われた。

急な現金入手の方法としてありがちなのは、不要不急の遊休資産を割安で出入りの商人に売り払うこと。この場合、余計なことを詮索せず、口の堅い商人であれば結構なお買い得商品を入手出来ることがある。何故か奥方の指に合わない女性向けの指輪、などは分かりやすい事例だ。

正当な取引でありつつも、あまり表ざたにしたく無い経緯で仕入れた商品を、一般的な商会はどう取り扱うか。遠くから来た、信頼のおける行商人に売るのが良くあるパターンだ。身近で売り買いすれば痛くもない腹を探られかねないわけで、遠くに持っていってくれるのなら御の字というわけである。出入りの行商人としても、いい商品が安く手に入る機会。どちらも利があるウィンウィンの関係だ。

今回の出物も、その類だろうと思われた。

なら、何の気兼ねもなく取引できる。持ち込み商品全品、お買い上げ決定だ。

「しかし、今回は何でまた干し肉と鉄を選んだんだ？」

買うと決めたところで後は値段交渉になるわけだが、そこは師匠。さりげなく値段を下げるディスカウントのネタを探りに行く。

「へへん、そりゃ、噂を聞いたからですよ」

「噂？」

「何でもモルテールンで鉱山開発が始まるって噂です。他の連中は吹かしだと訝しんでいたようですが、俺には分かりましたね。こりゃマジだと」

「ほほう」

弟子の成長は嬉しいものである。

情報の正誤を見極めるのは、商人としては重要な要素。嘘やデマ、或いは誇張された情報を信じ、大損こいた事例など商人界隈では幾らでも転がっている。海辺で貝殻を探すより簡単だ。

嘘を見分ける。商人にとっては初歩にして奥義。

では、モルテールンで鉱山開発が始まるという噂はどうかというなら、〝ほぼ〟事実である。その点、モルテールン領やモルテールン家の内情に深く通じたデトマールだからこそ、気付けたに違いない。

「ここのペイストリー様が寄宿士官学校から大量に人を採用したとか、レーテシュ家と何やら重要な会談をしたらしいとか、確かな情報も掴んでましたし、鉱山開発ってのも当たらずとも遠からずだろうと」

「それで、干し肉と鉄か」

相変わらず、目の付け所が良い。弟子の力量に、師匠は嬉しさ半分、悔しさ半分だ。悔しさの部分は、買い叩くネタが減るという意味であり、嬉しさは勿論弟子の成長である。

「ええ。日持ちがする上に塩気の強い肉は、肉体労働者に良く売れます。酒のあてにもなりますし、鉱山みたいに人里離れた場所なら絶対需要があるってね」

「ふむ」

「鉄も、鉱山じゃよく消耗するじゃないですか。掘る道具は大抵が鉄製ですし」

「良い見立てだ」

一言一句、弟子の見立て通りだ。肉体労働者はとにかく汗をかく。人よりも水分と塩分とカロリーを必要とし、鉱山の様に人里から離れている場所にこれらを運ぶのは手間がかかる。その点、カロリーと塩分を同時に摂取できるものは好まれる。干し肉というなら確実に売れるだろう。

そして、採掘道具は鉄の様に硬いものでなければ役に立たない。その上、破損や摩耗は当たり前である。屑鉄を鋳溶かし、採掘道具を作る需要は極めて高い。これもまず間違いなく売れる。

「是非とも高値で買って下さい。確実に需要はあるんですし、八十でどうです？」

「肉をここから山まで運ぶ手間を考えてもらいたいね。需要があると見込むなら自分で運べばいい訳だし。鉄にしたって、このままではゴミだ。一度鋳溶かす手間を思えば、扱い辛さもあるし、鍛冶師との交渉も要る。運搬や再交渉といった部分を代行させたいなら、その値段では頷けない。六十でなら手を打つが」

「師匠、幾らなんでも手数料をぼったくり過ぎでしょう。鉄だって腐るものじゃないですし、何かあれば真っ先に値が上がるものじゃないですか。七十八でお願いします」

弟子は、今回は間違いなく良い品を運んできたという自信があった。ここは強気で押しても大丈夫だという見込み。

デココとしても、普通ならばここで弟子に花を持たせてやるのも良いのだが、それでも師匠としてやるべきことがあった。

「ふむ……弟子には一つ教えておこう。不確実な予測を基に交渉しては、足元を掬われる。六十五。理由は、外を見れば分かる」

「外？」

師匠に言われ、弟子は建物から出て辺りを見渡す。

確かに、何となく違和感があった。物凄く違和感を覚えるのは確かなのだが、何を起因としているのか。頭の中だけで間違い探しをしていたデトマール。

そして、一つの〝あり得ないこと〟に気づく。

「山が、山が無い!!」

デトマールの目に映った光景からは、有るはずの山が綺麗サッパリ無くなっていた。

カカオ

「これがカカオだか?」

モルテールン家従士スラヴォミールは、太めの指で豆らしきものを摘んだ。

スラヴォミールは、萌木色の髪が特徴の童顔で、女性陣からはアライグマ似で可愛い系男子と評されている、モルテールン家の農政担当官だ。

元々は別の土地で畜産に携わっていたが、難民となってしまい困窮していたところをモルテールン家に拾われた。モルテールン家従士の中では割と古株で、若手と言われる年ながらも頼れる兄貴分としての信頼を集めている。

農業全般の責任者として、サトウモロコシの栽培方法の確立や、山羊、馬、鶏、ロバなどの家畜の飼育に著しい功績があり、将来の幹部候補として有望視される人物。

そんな彼が、今まで知らなかった新しい豆に興味津々である。

手の平で転がしてみたり、匂いを嗅いでみたりと、色々と自分なりに試しているらしい。ここでも動作がどこかほのぼのとしたものになっているわけで、本人は可愛いと言われることがコンプレックスらしいのだが、もはや生まれ持った才能ではないだろうか。

ペイスは、そんなアライグマ系男子の様子は気にも留めず、カカオ豆について話し出す。

「珍しいでしょう？」

「ああ、珍しいっち」

カカオ豆は、少なくとも神王国には存在しない。もしかしたらかつては存在し、育てようと試みた人間もいるかもしれないが、成功していないことが確定している。今現在カカオ豆が、ペイスの持つもの以外一切流通していないことからそれも明らかだ。

珍しいというなら、間違いなく稀少である。

「これ、どうするだか？」

「勿論、育てるつもりです。出来る限り速やかに増産です」

「それでおらぁが呼ばれただか。種はそれなりの数無いと不安だっち？」

「そこは安心してください。一定量は手に入れました」

「よかっただ」

カカオ豆は、豆というぐらいなのだから農作物に違いない。つまり、やり方と環境さえ間違っていなければ、育てて増やすことが出来るはずなのだ。

成功例が神王国には一例たりとも存在していないという事実さえ除けば。

スラヴォミールからすれば、ペイスの無茶ぶりは今に始まったことではない。また、見たこともない植物を育てろと言われたことも初めてではない。

サトウモロコシがいい例だ。こんなもの、育てた経験のある人間など居なかったはずの外来植物だ。用水路や肥料の準備、人手の手配、サトウモロコシの採取された場所の環境から類推される育て方、等々。ほぼ大枠の所はペイスを始めモルテールン家一丸で整備されたが、後の実務的な細かいところがアライグマ系男子の出番であった。肥料の配分比はどのようなものが適切か、水の量の加減、収穫時期の見極め等々。これらは試行錯誤しながら、ここ最近でようやく形になってきたところ。

同じように、カカオ豆も育てられるはずなのだ。信頼するペイスが出来るというのなら、出来ることは確定している。

能力は高くともあまり学のないスラヴォミールは、ペイスをほとんど盲目的に信じていた。アライグマというより犬である。

「ですが、もしも育てることが出来なければ大赤字になってしまいます」

「大赤字？」

「はい。下手をすれば国を買えるぐらいの価値があると思っていますから、それに見合うだけの技術を放出しました。ここで生育技術・製造技術を確立できないと、壮大な投資失敗となるでしょう。全ては貴方に掛かっていますよ」

ペイスの期待が重い。

元より、何も無いところから全てを生み出すことなど、スラヴォミールには出来ない。彼自身そんな自信も持ち合わせていないし、客観的な評価としてもその通りだろう。彼にある能力は、ゼロを十にする能力でもなく、ゼロを一にする能力ですらない。一を十にする能力だ。ペイスが十になると言い、ゼロを一にして見せたのなら、そこから発展させるのが自分の役目と自負する。

それだけに、今回のように失敗すれば大損というのはプレッシャーも掛かる。

「そりゃ荷が重いっち。失敗したらどうするだか」

ペイスの見込みが悪く失敗するということは考えない。あるのは、自分が失敗を繰り返し、結果としてカカオ豆栽培プロジェクト全体を失敗させてしまう恐怖。

しかし、ペイスはスラヴォミールの懸念を一笑に付す。そんなもの、大した問題ではないと。

「レーテシュ伯は高笑いでしょう。自分のところは確実に大儲けするのに、モルテールン家は大失敗をするのですから。きっとウキウキで踊り出すことでしょう」

「はあ」

仮に、カカオ豆栽培が上手くいかないとなったなら、喜ぶのは誰かといえば、レーテシュ伯であろう。他の人間は、そもそもモルテールン家がこんなものを育てようとしていることさえ知らない。

今まで数多くの成功を積み重ねてきたペイス。ここで大失敗をやらかせば、損得ではなく、単純に意趣返しから女伯爵は喜ぶはずである。散々苦汁を飲まされてきたのだから、ざまあみろ、といったところか。

ペイスが栽培に成功し、モルテールン家が更に豊かになったとして、それはそれでレーテシュ家にもおこぼれとして利益はあるだろう。だから、本来であれば取引が完了した現時点で、栽培成功を願うのが道理なのだが、人間の感情というのはそう単純なものでもないとペイスは言う。

「多分大丈夫だと思いますけどね。ある程度は育て方を知っていますから」

失敗をやけに気にする部下に対し、ペイスは大丈夫だと太鼓判を押す。誰もが生まれて初めて見た未知の植物のはずなのに、育て方を知っているというのだ。

普通の人であれば、こんな戯言を真に受けたりはしないのだが、言っているのがペイスであり、聞いているのがスラヴォミールという点で、少し毛色が違う。

育て方を知っているというのは最早既定事実となり、疑問を持つ点がずれるのだ。

「何処からそんなもの教えてもらっただか」

「生まれた時から知ってるんですよ。いえ、生まれる前からでしょうかね」

「ペイス様は冗談が分かりづらいだで」

ペイスのことを妄信に近い形で信じている男をして、さすがに腹の中に居る時からカカオ豆の育て方を知っているととれる発言を、冗談と受け取ったらしい。

ペイスも冗談だろうという意見を否定することもないので、話はそれまでだ。

「とりあえず、ここに畑を作りますか」

ペイスが立っている場所は、モルテールン領の北の果てである。最北の場所であり、だだっ広い平地が広がっている岩石地帯。不自然なほどに粉々になってサラサラの土があり、小石の一つすらない、明らかに人工的な匂いがする場所。

普通ならば、こんなだだっ広い土地を遊ばせておくはずもないのだが、今まではこの土地には人を入れることは無かった。

その答え、というよりごく自然に聞きたくなる質問を、スラヴォミールはペイスに尋ねる。

「一つ聞いていいだか？」

「ええどうぞ」

「ここにあった山、どうしただか？」

そう、元々広大なここら辺一帯には、高く聳（そび）える山々があった〝はず〟なのだ。

「あそこにあるじゃないですか」

「へ？」

ペイスが指さす先には、数が増えたり、より高くなった山の並ぶ山脈があった。

「いやあ、魔法ってのは便利なものです。【掘削】を使える人間をそれなりに用意しまして。掘った土や岩は【瞬間移動】で大量運搬。一ヶ月かけて、山が綺麗さっぱり向こうに移動してしまったわけです」

ペイスがやったことというのは、魔法を誰でも使えるようにした上での人海戦術。勿論、秘密を守れる者に厳選してのことではあるが、魔法というのは元々ペイス一人が使うだけでも、短期間で巨大な貯水池を作ってしまえるものなのだ。同じ魔法を使える人手が増えるというだけで、人の手だけだと到底不可能と思える、あり得ないことまで実現してしまった。

山を動かした男が実在した。こんな話、真面目に語ったとしたら間違いなく、狂人か可哀そうな人扱いされた上で病院送りにされてしまう。

「……おらぁ、頭がおかしくなった気がするで」

「気のせいですね。貴方はちゃんと正気です」

スラヴォミールは、今まで何度となく感じた頭痛で頭を抱えた。そろそろ慢性疾患を疑われる頭痛ではあるが、原因が精神的なものに起因しているため対処が難しい。いっそ原因を何とかできればいいのだが、当の原因はスラヴォミールを何故か慰めている。

この場合、これは不思議でおかしい事態であるというスラヴォミールが正常で、こんなことはよくあることですと言い張るペイスが異常なのだ。

「あんな山さ作って、問題は起きないだか？」

「さあ？」

こてんと首をひねるペイス。

「さあって……」

山を消す。山を動かす。山を作る。どれ一つとしても常識の範疇外なのだ。これは、大丈夫なのだろうか。しかも、スラヴォミールの見るところ、新しく作られたであろう山は、お隣の領地の境とされていた辺りに出来ている。あまり詳しくないが、外交的にダメな気がしていた。

「山に積み上げるところまではうちの管轄ですが、そこから山が崩れたとしても、お隣の話ですから」

「そりゃ酷えだ」

「そうは言っても、土砂を何処に捨てようと越境しない限りはうちの自由ですし、土砂崩れが起きるのを防ぐのに、越境させてとも言えませんし」

「うむむ」

新しく掘り出した土砂岩石で作った、新しい山。こんなもの、砂場の砂山のようなものだ。崩れるとしたら、一気に崩れるに違いない。雨でも降ったら一発でアウトだろう。

かといって、モルテールン側に崩れることは阻止できても、相手側に崩れることまでは対策できない。実に酷い話だ。

「ちゃんと警告は出していますし、我々は何も約束を違えてはいません」

「そりゃそうかもしれんだが」

ペイスは、お隣との停戦時の合意は守っていると主張する。山を越えるなとは取り決めたが、山を作るなという文言は一切見当たらないし、山を動かしてはならないとも書いていない。

スラヴォミールは、ペイスにそう言われて半分は納得した。尤も、そもそも動かせるはずがないという前提で、不動の境界線として山脈を指定した合意について、大前提を覆すような真似は、想定外も度が過ぎているという話である。

スラヴォミールが何か釈然としないのもこのあたりを無意識に感じているからだろうか。

仮に土地を買ったとして、ここからここまでと決めていた境界が地面ごと動くことを、契約の時に想定しておけというのは無茶を通り越して不可能であろう。

「魔法の隠匿についても、レーテシュ家が協力してくれますからね。心強い話です。土砂についても、ここは仮置きですよ。いずれ海の埋め立てに使うらしいです」

「はあ」

魔法の力は偉大で、今までであっても時間と手間さえ惜しまなければ、大規模な土木工事は出来た。しかし、何故今までやらなかったかといえば、ペイスが他人から奪った【掘削】の魔法を使えることを公にしたく無かったからだ。

しかし今回、魔法汎用化情報の取引の結果として、レーテシュ家に対して情報隠匿の協力を取り付けた。これが大きい。

レーテシュ家としても『魔法が汎用的に使える技術が出来た』と明らかにされるより『レーテシュ家がこっそり匿っていた強力な魔法使いを貸し出した』とした方が、色々とメリットがあると判断したのだ。

公式な対外発表では、レーテシュ家に隠されていた魔法使いがモルテールン家に雇われて山を消したということになっている。

魔法が誰でも使えるようになった、というよりは余程納得しやすいストーリーだろう。仮に真実が漏れたところで、レーテシュ家が〝真実〟から目をそらすために荒唐無稽な話をでっち上げた、と考えるのが落ちである。

「それ以上に、今重要なのはここを耕すことです」

「はあ」

バッと両手を広げたペイス。目線の先は、ただただ広がる大地である。

「耕すこと自体は問題ありませんが、土壌の改善は急務ですね。土の専門家は、うちには貴方しか居ません」

「そうなるだか」

「カカオ豆に向く土地質は、僅かに酸性寄りで、水はけのよいところ。ここの土地は水はけの良さだけは一級品ですから、後はしっかり土地を肥えさせてやれば、何とかなると思っています」

「分かっただ」

カカオ豆の生育に必要な気候とは、平均気温が高くて安定しており、さらに湿度が高いという環境。要はジャングルのような場所だ。現代のカカオ産地の多くが赤道付近に集中していることも、このカカオの特性に由来する。

幸いなことにモルテールンの気候は、一年を通じて天候が良くて温度が高く、湿度さえ何とかなれば育つとペイスは計算していた。つまり、雨が肝だ。

「後、カカオ豆の特徴として、陰樹であることがあげられます」

「意味が分からんっち」

「カカオは日差しが強すぎると、上手く育たないのですよ。ある程度大きくなるまで、日陰の傍で育てなければならない」

「そや難しいだ」

「その為に必要なのが母木。日陰樹とも言いますが、カカオが育つまで先に成長し、陰を作ってあげる木をセットにしないといけない」

「そんな木があるだか？」

「基本的にはマメ科の植物が望ましい。バナナと一緒に育てるというような育て方もあるようですが、我々の目的はカカオのみですから、経済性は端から度外視します。ハリエンジュか、それに近い植物が向いているはずなのですよ」

「へぇ」

成長が早く、窒素固定を行い、日光に強いマメ科の高木の育て方であれば、スラヴォミールもよく分かっている。一緒にカカオも植えるというのが特殊なのだろうが、ハリエンジュの植樹と育樹を基礎知識とするなら、応用は利かせられる範囲だとペイスは考えていた。

最悪、貯水池付近のハリエンジュの森にカカオを植えるのを試してもいい。そこでの知見を目の前の新規カカオ畑予定地に活かす。

「まずは色々と条件を変えた形で実験しつつ、数年を掛けて生育技術をそれなりに形にし、そこから本格的に商業生産を進めていくつもりです」

「頑張るだ」

「期待しています。とりあえずは……」

「とりあえずは？」

「雨乞いですね」

雨よ降れぇと奇妙奇天烈な踊りを踊りだしたペイスに対し、スラヴォミールは首をかしげるのだった。

ペイス奇行

「坊の頭がおかしくなった？」

モルテールンの執務室で、従士長シイツは部下の報告を聞いていた。

報告してきたのは財政担当官という名の金庫番ニコロ。彼は仕事柄屋敷にいることが多く、基本的にはインドアな為にシイツと顔を合わせる機会も多い。

それがわざわざタイミングを見計らうようにして報告に来たのは、内容が内容だったからだ。

ペイスがおかしくなった。

この報告、ともすれば主君筋への批判ともとれる。部下の統制が厳しい家であれば、即刻処罰の対象になるような発言である。何せ、次期領主の悪口ともとれる発言を、誣告（ぶこく）しているようなものなのだから。

幾らモルテールン家がその手の上下関係に緩いとは言っても、常識で考えて当人が居る場所では出来ない。それ故、執務室の主が居ない瞬間をずっと狙っていたのだ。

「いえ、そういう噂が流れていると……」

「なら大丈夫だ。坊の頭がおかしいのは生まれた時からだしよ」

「え？」

しかし、ニコロの心遣いはそもそも不要とシイツは切って捨てる。元より、従士長自身が主君たるカセロールや、その息子であるペイスについて散々こき下ろしているのだ。忠誠心が本物であれば、多少の軽口や皮肉で罰するような狭量さとは縁遠い家がモルテールン家である。

「俺や大将がよ、考えに考えて悩み続けてたことを、あっさり解決された時、そういう結論になったんだよ。坊の考えを、全部理解しようってのが土台無理な話だな」

「はあ」

ペイスの頭がおかしくなったかもしれない。というのであれば、そもそも生まれた時から既におかしい。少なくとも物心ついて喋るようになって以降、一度でもペイスの頭が〝普通〟になった瞬間があっただろうか。いや、無い。

少なくともシイツが知る限り、こいつ頭大丈夫かと心配したことは数あれど、普通であった時など一度もない。口を開けば非常識、姿を消せばお菓子作り、トラブル有る所には常に存在し、人の想像の二枚も三枚も上をスキップするのがペイストリー＝ミル＝モルテールンである。

「長い時間を掛けて、大の大人が揃って議論して、結果が出てからようやく意図が分かった……ってこともザラなんだよ。ありゃ、もうそういう生き物だと思え。まともに悩むと禿げるぞ」

世の中、ストレスを溜めると禿げるという。別に医学的な根拠が何かあるわけではないが、モルテールン家では、誰が言い出したのか自然とそういう常識になってしまっているのだ。心を乱すと体調不良になりやすく、体調不良は抜け毛を増やす、という理論らしい。

仮に、ペイスのやることなすことといちいち深く考え込んでいたら、頭の使い過ぎで禿げになると、従士長は断言した。

「まだ大丈夫ですよ」

「分かんねえぞ。グラスもあれで昔は髪があったからな」

「グラサージュさん、最近は特にですよね」

グラサージュは従士としては古株で、既に成人した子供が居る年。体は鍛えているとはいえ、腹も出てきたし、最近では特に頭の後退が目立っている。おでこの面積が増え、若干アルファベットのMに見えるような形になってきた。

当人もそれを気にしているのだが、ストレスの主要原因が自分の子供のやんちゃについてであることは衆目の一致するところだ。まだ記憶に新しい最近のこと、自分の子供が、領内を騒がせることになるつまみ食いをやらかしたことで、髪の毛に大ダメージがあったらしい。失った毛根は魔法でもない限り復活することは無い。

当人の嘆きの根は深い。その点、シイツは年の割に髪の毛はふさふさなので、完全に他人事だ。

「ストレスって奴だろうさ。それで、坊の話だったか？」

話が少々脱線していたことに気づいたシイツが、ニコロの話を本題に戻す。

「はい。ペイストリー様が、おかしなことを始められまして」

青年が、力強く頷く。おかしなことをやらかすのが常の人間が、更に輪をかけておかしなことをしたと彼は主張する。

「今度は何をやらかしたんだ？」

「ザースデンの広場に薪を積み上げて火を熾し、その周囲で奇妙な踊りを始めました。皆にも同じく踊るようにとのことで……広場の辺りが異様な雰囲気になってます」

キャンプファイヤーの様に煌々と火を燃え上がらせ、ボン・オ・ドーリーなる奇妙な踊りを始めたという。

盛大な音楽とともに、火の回りをぐるぐると回りながら、今まで見たこともないような、それでいて何かしらの法則性がありそうな身振りや手ぶりを行い、それを音楽に合わせる。踊りというには神王国の伝統的にはあまりに異質であり、どこか異文化を感じるダンス。

異質な踊り、奇妙な音楽、周囲への強要、独特な雰囲気、総じて怪しげな活動である。

ペイスの頭がおかしくなったとニコロが判断するには、十分すぎる状況証拠だ。

「坊は何て言ってんだ？」

「雨乞いの踊りだからと……」

「なるほどねえ。そういうことかい」

ニコロの言葉で、シイツは何となくペイスのやりたいことが、正確にはやろうとしていることが分かった。ここら辺は、長年付き合ってきた阿吽の呼吸というものもあるのだろう。

「え？　どういうことか分かったんですか!!」

「だから、雨乞いなんだろ？」

「はい。そうおっしゃってます。しかし、そんな儀式で雨が降るとは思えません」

世の中に、オカルト的な迷信はありふれている。なまじ、本物の魔法という存在があるだけに、目に見えない力や因果関係を信じるオカルトはかなり根強く蔓延(はびこ)っている。

カビの生えたチーズを庭に植えるとパンの木が生えるであるとか、七の七倍の七倍だけ蛇を生贄(いけにえ)に捧げれば憎い相手が病死するであるとか、昔からの民間伝承で伝わる迷信はニコロも幾つか知っている。

彼は、幸いにしてペイスの薫陶を受けた人間。迷信が如何に馬鹿らしく不合理であるかは理解していた。

しかし今回、よりにもよってペイスが迷信を率先してやらかしているように思える。これが一体何なのか。

まさか、本当に踊って雨が降るなんて思ってないでしょうねと、ニコロはシイツに詰め寄る。

「当たり前ぇだろ。火を焚いて踊って雨が降るなら、俺や大将の二十年は何だったんだってことになるだろうが。そんなもので雨が降ってたまるか!!」

ダン、と机を叩くシイツ。

かつてモルテールン領に移住したころ、水気が全く無いカラカラの領地に、何百回悩まされたことか。それこそオカルトの類まで頼って、ありとあらゆる手で水不足問題を解決しようとしてきたのだ。今更、ちょっと踊った程度で解決されては、シイツのこれまでの苦労が報われない。

「なら、無駄だと?」

「いや、雨は降る。坊が雨乞いって言ったんなら、降るんだろうよ」

だが、シイツはペイスが雨を乞うた以上、雨は降ると断言する。

ニコロにしてみれば、何を言ってるんだという心境になる。

「……矛盾してませんか？」

「してねえよ。順を追って説明してやろうか？」

「はい」

シイツだけ納得されても困る。そもそも自分が持ち込んだ話なのだから、自分も納得したいというニコロ。これは正論だろうし、心情的にも当然のことだろう。

若干もったいぶる感じで、従士長は若手の部下に言い聞かせるようにして話し出す。

「まず、そもそもモルテールン領には滅多に雨が降らないってのは知ってるな？」

「はい」

モルテールン領の降水量は、春先の数十日のみでほぼ全てだ。それ以外ではまず雨は降ることがなく、乾ききった大地の広がる土地がモルテールン領である。

「その原因は、高い山にぐるっと四方を囲まれてるからだ。風が山を越える時に雨が降っちまうから、うちは空っ風しか吹かねえ。坊の受け売りだがな」

「そうなんですか」

「そうらしい。実際、山を越えると天気が変わるってのは聞く話だし、学者にも確認したから間違いねえ。何で坊がそれを知ってるんだって話だが、それは別においておく」

「はい」

千メートル以上の山に風がぶつかり、空気が山を越える際、高度が上がるほどに空気の温度は下がり、水分は凝固し、一定のレベルを超えることで雨となる。上昇気流や低気圧で雨が発生することとよく似た原理だ。

逆に山を下りる際、空気の温度は上がり、湿度は相対的に下がっていく。特にある程度未満の水分しか含まない空気が山を下りると、吹き下ろしの風が高温になる現象、いわゆるフェーン現象が発生する。

モルテールンの周囲にあるような、四千メートル級の山々ともなれば、湿った空気が山脈を超えることはほぼ無い。つまり、年がら年中フェーン現象が起きている土地がモルテールン領なのだ。

山頂と平野部の寒暖差が極めて特殊な環境になる春先を除き、モルテールンに雨が降ることは無い。代わりに、モルテールン領周辺は、極めて豊かな植生がある。山脈を越えたリプタウアー騎士領以東、レーテシュ領まで。豊かな雨量と、枯れることのない河川に恵まれた土地が続く。南部が穀倉地帯でもある所以だ。

モルテールン領で雨が降らず、その周囲の山には余計に雨が降る。これが、モルテールンを取り巻く環境であった。

今まではそうだった。

「山があるから雨が降らない。だったら山を無くせば良い……ってのは、坊の意見だ」

山があるからどうしようもないと諦める。これが普通の大人の発想。神王国人の常識。

しかし、ペイスという輩は違う。邪魔な山があるなら、無くしてしまえと考える。そして、それを実行してしまったことが非常識であろう。

「そんな馬鹿な話……」

「あり得ない話をあり得るようにして来たのが坊だ。山を削るぐらいはまだ常識的な方だろうが。慣れろ」

「はあ」

　魔法使いや凄腕傭兵を一般人と呼ぶかどうかはさておいて、ごく一般的な大人であればやらないことを、散々にやらかしてきた天下の大馬鹿野郎がペイスだ。お菓子馬鹿も突き抜けてしまえば才能である。

　いきなり砂糖を作ってお菓子を主要産業にすると言い出すことと、山が邪魔だから消しちゃいましょうと言い出すことと。非常識度では似たり寄ったりだ。あえて言うなら、お菓子の方が非常識だろうか。山が邪魔だよな、無けりゃ良いのにな、といった話はカセロールとシイツの間でも交わされたことがある。本気にしたことは一度たりとも無い、冗談の類ではあるが。

「つまり、北の山を綺麗さっぱり無くした現状、モルテールン全体が、魔の森と似たような気候になる……可能性がある。少なくとも、雨が降るようにはなるだろう」

　モルテールンの北には、山脈を挟んで魔の森と呼ばれる特大の大森林が存在する。ここを突っ切れば神王国の西部や、或いは王都に直行することも出来なくはないが、過去に挑戦して成功した例は無い。人を呑み込み、帰すことがない。故に魔の森。

　今、ペイスの手によって魔の森とモルテールン領を隔てていた山脈が無くなった。これはつまり、魔の森と同じだけの雨が、モルテールン領に降るようになることに他ならない。

「凄いじゃないですか」

「凄えんだよ。だから問題なんだ。ここで雨が降るようになりゃ、他所からすりゃどう見える？どうやって雨が降るようになったのか教えろって言いだすに決まってるし、天候不良の原因は、うちのせいにされるだろうが」

「確かに」

今まで雨が降っていなかった土地に、じゃんじゃん雨が降るようになる。こんなことは緘口令など不可能なことなので、早晩近隣に広がっていくことだろう。

ここでもし、雨が降らなくなった土地が出たらどうなるだろうか。モルテールン領とは縁も所縁もない土地であったとしても、体の良い責任転嫁先として非難の矛先が向けられることだろう。何せ、雨が降らなくなった土地と、雨が降るようになった土地の話になるのだから。幾らモルテールン家が無関係を主張しても、第三者の印象的には分が悪い。

また、何故雨が降るようになったのかも、知りたがる人間が出てくる。山が雨をコントロールしていたなど思いつきもしない、知りもしない人間が大多数の世の中、不思議なことがあれば、何か秘密があるに違いないと探りを入れられることだろう。

ただ探るだけならいい。しかし、環境が変わったことが雨の原因だと突き止められず、魔法であったり技術であったりといった〝目に見える秘密〟を欲しがった場合。そんなものは無いとモルテールンが言い張ったところで、信じてくれるとは限らない。秘密があるのだと思われてしまえば、脅迫、誘拐、軍事衝突、恫喝の厄介ごとが団体客でやってくるだろう。

「だが、山を削った〝魔法の飴〟に関しては、絶対に秘密にしておかなきゃならねえ」

「漏れると戦争一直線でしょうしね」

魔法の飴は、極論すれば魔法使いの代替品だ。ペイスであったりカセロールであったりシイツであったり、魔法使いが自分の魔法を使うことが出来れば、無くても同じことが再現できる。

しかし、魔法使いでない人間にしてみれば、唯一の魔法発動手段となる。これで〝雨を降らせる魔法〟が使えるようになるに違いない、などと思われてしまえば、それはもう水を巡って血の雨が降る。

「だから、雨が降った原因を〝誰が見ても馬鹿らしい〟ことにこじつけておく必要があるんだよ。まず、坊がやらかしたんだ。雨は降る。その時、対外的には〝雨乞いで踊ったら降ってきた〟とする。これなら、言いがかりに対処するのも楽になるだろ」

雨が降るようになったことは隠しようがない。

ならば、雨が降るようになった理由を用意しておこう。ペイスの発想はこんなところだ。本当の理由など説明したくはないし、説明して理解してもらえるとも限らない。

庶民は、分かりやすく目に見えるものを信じる。雨ごいの踊りと称して踊り、実際に雨が降ったのなら、雨乞いの踊りこそ効果があったのだと信じるだろう。

ペイスは迷信を信じて踊っているのではない。迷信を信じさせたくて踊っているのだ。

「なるほど!!　方法を教えて欲しいと言われても、そのまま教えられますね」

「な？」

ニコロは、感嘆した。

ペイスの深い考えも、そしてそれを言われずとも察した従士長の洞察にも、自分は到底及ばないと尊敬の念を深める。

ペイスの頭がおかしいのは変わらないのだが。

「つまり、ペイストリー様がやっているのは、目くらましってことですか？」

「他にも理由は色々あるだろうよ。うちは今、他領の諜報員も腐るほどいるからな。坊の魔法について調べてる奴等は、踊りが坊の魔法に関係してるかもしれないと邪推してくれるだろうし、周りの連中を巻き込めば、諜報員からすれば〝一緒に踊っていた誰か〟が雨を降らしていた可能性を考える。それっぽそうな若い奴らをうちが後から雇えば、そいつが魔法使いじゃないかと勝手に勘違いしてくれるだろうよ。案外、村の若い奴らに、踊りの正装だの何だの言って、変装を強要してるんじゃねえか？　調べる側への嫌がらせになる。妙ちくりんな恰好に秘密があるかもしれねえってな」

「なるほど」

雨が降った秘密が、雨乞いの踊りには無いと分かったしても、そこから先、本当の理由を探るのは難しいはずだ。これ見よがしにそれっぽいものがちりばめられていて、どれもが理由になりそうなもの。諜報員たちは、頑張って調査することだろう。無駄になるとも知らずに。

「村の連中からすれば祭りってことで息抜きになるだろうし、行事として根付けば観光資源になるだろうよ。坊ならそれぐらいは考えてるはずだ。広場に人を集めて、お祭り騒ぎさせるんだ。後でナータ商会あたりに顔出してみな。ホクホク顔のデココに会えるぜ？　揉み手で上納金を出してくるってもんよ。これからも是非ってな」

シイツの見るところ、ペイスはただ単に目くらましという理由だけで踊りを踊ったりはしていない。そんな単純な動機でことを大げさにするペイスではない。

あえて目立つことで人を集め、金を集め、それを継続していく方策。転んでもタダで起きないのがペイスの流儀である。

「とりあえずこれで、うちはまた一歩前進ってことだな。水不足に悩まされてきた二十数年の苦労が無くなるかと思うと、俺ぁ感無量だぜ。泣けてくる」

今まで頑張ったからな、俺、とシイツは滲んだ涙を拭う。今後は水不足になることが無いと思えば、それこそ踊りだしたくなるほどの嬉しさだ。いっそペイスと一緒に踊ってもいいほどだとシイツは思う。邪なことを考えたせいか、若干体の動きが怪しくなっていた。

「えっと……おめでとうございます？」

「何で疑問形なんだよ」

今度は従士長の頭がおかしくなった。と、ニコロは喉まで出かかった。言葉を呑み込めたことは、彼にしては珍しいファインプレーである。

「すいません。えっと、それで今後はどうすれば良いでしょう？」

「坊から何か聞いてるか？」

「製菓事業を今以上に拡大するので、手配するようにと……」

ペイスが雨を欲した理由は、何も踊りたかったからではない。

かつてない大ヒットの予感がする新商品があるからだ。カカオ豆を大量増産して作るスイーツなど、一つしかない。

製菓事業の大拡張が必要。ペイスはそう判断していた。ニコロもまたそのように指示を受けている。

「なら、言われたとおりにやるんだな。これから、忙しくなるぞ」

「頑張ります!!」

ニコロが決意と共に拳を握りしめた翌日。

モルテールン領に、雨が降り始めた。

エピローグ　Pie in the sky

その日、ペイスは父親の元を訪ねていた。

モルテールン領の最大の問題を解決したという吉報と共に。雨が降ったという知らせをもって。

「ペイス、よくやった」

事前に概要だけ報告を受けていたカセロールは、息子を出迎える時に滅多に見ないほどの喜びようを見せていた。日頃は冷静沈着で知られる国の英雄が、喜色を露わにして息子を抱え上げ、ぐるぐると振り回しながら褒めたたえるという、物凄い浮かれっぷりだ。

これは偏(ひとえ)に、今までどれほど我慢と忍耐を強いられてきたかという証左でもあった。

「領主代行として、仕事をしただけです父様」

「領主である私でも、雨はどうにもならなかった。長年悩み続けてきた、モルテールン領最大の問題を根本解決した功績は大きい。改めて、よくやってくれた」

「はい」

カセロールは、成人したときに魔法を使えるようになって以降、波乱万丈の人生を送ってきた。多くの難問を前に逃げ出したくなることもあったし、絶体絶命の窮地に陥って九死に一生を得るようなことも経験している。

頼れる仲間、愛する家族、信頼できる戦友に、誇りある自分。大抵の問題は、周りと力を合わせ、根気強く頑張れば何とかなってきたものだった。

しかし、魔法でも金でも仲間の協力でも愛でも解決できない問題はある。その一つが天候の問題だった。カセロールがどれほど優秀で、魔法が如何に便利で、沢山の仲間が助けてくれようとも、天候だけは自由に出来ない。

そう思って諦めていた。

何故モルテールン領で雨が降らないのか。山に囲まれているからだという理由を知った時、希望が生まれた。

そして今日、愛する息子の素晴らしい働きにより、晴れてモルテールン領は最悪最大の懸念を払拭した。これを喜ばずにいられようか。

スキップでもしかねない浮かれっぷりで、息子の頭を撫でまくるカセロール。既にペイスの髪の毛はモップと見間違えるほどにぐしゃぐしゃである。

「これだけの功績だ。ご褒美の一つも考えねばならんな」

鼻歌が飛び出しそうな上機嫌の中、軍人らしい発想が飛び出す。信賞必罰は武門の拠って立つところであり、罪あるを罰し功あるを賞するは軍人の基本だ。

自分では不可能だった、とんでもなく大きな功績を立てたというのだ。領主代行としての任を十分以上に果たした。これは勿論褒めるべきことだからして、何か具体的なご褒美を与えるべきだ。

カセロールは、息子に何が欲しいか尋ねてみた。

「なら、是非ともお菓子作りの時間を下さい!!　具体的には一週間ほど!!　あとお菓子の材料を買うお小遣いを!!」

　勿論、ペイスが欲しいのはスイーツだ。

　もっとも、スイーツを作るのが大好きな人間なので、趣味の時間が欲しいと訴える。また、如何に領主代行といえど公私混同は出来ないわけで、好き勝手にお菓子を作るためにも、領政の予算とは違った、まとまった金を頂戴（プリーズ）と両手をお椀の様にして前に出す。

「一週間？　小遣い？」

　てっきり、もっと凄いものを要求される覚悟をしていただけに、ある意味拍子抜けだった。前人未到の偉業の対価としては、あまりにささやかすぎる気がしたのだ。

「最近、全然お菓子作りを出来ていないんです。腕が錆びついてしまいます。ギブミーチョコレート!!」

　しかし、ペイスにとってはこれ以上ないほど重要なことだ。目の前にカカオがあり、時間を掛けて試すことさえできれば、チョコレートが作れるようになるはずなのだ。

　如何にペイスといえども、カカオ豆からチョコレートを作った経験はほとんど無い。これはお菓子職人というより、チョコレートメーカーの仕事だろう。例えばバレンタインの時期、チョコを湯煎したりブレンドしたりはあっても、カカオ豆を潰す奴は居ない。

　チョコレートの良し悪しについて見極める自信はあっても、カカオから望みのチョコを即座に作り上げる自信はない。今のところは。

だからこそ、時間と、カカオを手に入れるための金だ。

チョコレートに必要なものの知識はある。カカオ豆から作れることも知っている。試行錯誤の時間と材料が欲しい。欲しい。欲しい。

既にペイスは禁断症状に近いフラストレーションが溜まっているのだ。ギブミーチョコレートの叫びは魂の叫び。

熱く滾る心の求むるままに、父親へお金と時間を求めた。

「……よく分からんが、特別休暇と一時金と思えばいいのか？」

「はい、是非」

高揚し、興奮した気勢というものも、自分以上に興奮している人間を見ると案外落ち着いてしまうものらしい。

急に冷静になったカセロールが、ペイスの望みを自分なりに咀嚼して解釈する。

「分かった。私も休暇を取るつもりだったし、年に一度ぐらいは領地に帰っておくべきだろうな。その間、お前は好きにすると良い」

「ありがとうございます!!」

ビバチョコレート!!

と叫びながら跳ね回る息子を見て、相変わらずだと溜息をつくカセロールだった。

レーテシュ領領都の海賊城で、領主ブリオシュは政務を行っていた。

「リオ、モルテールンから連絡と、荷物が届いた」

彼女の執務室は、入室できる人間が限られる。身分の低い者や役職の低い者は入れない。当主が女性である以上、厳格な運用ルールがあるのだ。

荷物の受け取りも、直接執務室に届けたりはしない。一旦別の場所で受け取り、然るべき人間がレーテシュ伯の元に届けるというシステムである。

夫が運んでくれた荷物。しかもその送り主はモルテールンだという。先ごろひと悶着あった相手。何を贈ってきたのかと政務の手を止めて、贈り物を確認しようとする。

「あら、珍しいわね。例の件かしら」

例の件とは、魔法の飴に付随する魔法汎用化と、その隠蔽についてだ。モルテールン家はレーテシュ家のみに情報を公開し、レーテシュ家はモルテールン家に対価を払い、更に情報隠匿に積極的に協力する、というのが大枠の基本合意。

細かいところを詰めるのはこれからだが、その一環として何か送ってきたのかもしれないと、箱を開けさせた。

「荷物の方はお菓子だな。パイだろうか」

中身を見たセルジャンは、内容物が見るからにお菓子であったことに意表を突かれた。

「甘くて良い匂いがするわね。出来立てなのかしら」

少し嗅ぎなれない匂いと共に、甘い匂いがする。香ばしく焼き上げられたパイ生地らしき匂いもする。何とも食欲を刺激する匂いで、おなかがぐうと鳴る。

「そのようだな。これを運んできたってことは、最早あそこはうちに対して【瞬間移動】が使えることを隠すつもりが無いのか？」

何のためにこんなものを贈ってきたのか。その意図はどこにあるのか。色々と疑問は尽きない。モルテールンが普通の貴族であれば、これは単なるご機嫌取りだろうと考えるところだが、そう思えないだけの因縁があるのが彼の少年。油断だけは出来ないと、訝しげだ。

第一、こんな焼き立てホカホカのパイを、モルテールン領から運んできたというのがおかしい。どうやったのか。恐らく【瞬間移動】を使ったのだろうとは思われるが、だとしたら〝誰が〟魔法を使ったのだろう。運んできた人間はモルテールン男爵では無かった。これが意味することは何か。

何とも、意味深なやり方であろう。

「あの話をした時点で、銀髪の坊やが魔法の一つ二つ余計に使える事なんて些事よね」

「確かに。私たちでも同じように【瞬間移動】が出来るようになるというのだから」

魔法の汎用化に成功した。勿論、全ての魔法というわけではないし、今のところ【瞬間移動】だけだ、という話だった。この話を額面通り受け取るレーテシュ伯ではなく、何か更に隠している情報があるとにらんでいる。モルテールン領に行ったときに見かけた、あの貯水池もそもそも怪しいではないか。あんなものを魔法なしに作ったという方が不合理。

ペイスが魔法を複数使える可能性に思い至る。レーテシュ伯ならばそれは難しいことではなかった。

もっとも、一個人が複数の魔法を使えるという情報の価値。今までであれば値千金であったろう。

しかし魔法の汎用化が事実になった今、魔法を複数使える人間が量産できてしまうわけで、情報の価値は下がった。モルテールン家としても必死になって否定し、隠匿するものではなくなったことなのだろう。

「情報を確定させられただけでも大きな成果よね」

「ああ。向こうが得たのは豆だけか？」

今回の件の交渉内容を見れば、レーテシュ家が得たものは大きい。世界の技術革新の肝となるべき重要技術を独占入手出来るようになったのだ。

例えるなら、産業革命での内燃機関技術を独占するに近しい。冗談抜きに、世界の覇権を狙える。対し、モルテールン家が得たものは何か。元々重要技術を開発したという点はさておいて、それの隠匿にレーテシュ家が協力することと、よく分からない豆を欲したことだ。

セルジャンの感覚からすれば、豆が特産品になる云々といっても、ことの重大性からすれば誤差のレベルに思える。なら、実質的にモルテールン家が手に入れたのは、レーテシュ家の協力だろう。

勿論、これがモルテールン家に利益とならない、とは思わない。しかし、どちらかといえば防衛的な思考に思える。レーテシュ家が攻めに攻めてどでかいプラスを得たのに比べ、モルテールン家は守りをガチガチに固めて、何とかマイナスを防ごうとしている様に見える。

マイナスを避けるための防備と、僅かにプラスになった実質的利益の豆。交渉でモルテールン家が得たのはこれだけではないだろうか。

「うちの協力も明言こそしなかったけど、当て込んでいるはずよ。癪だけど、うちとしてはモルテールンの情報秘匿には全力で協力するしかないし」

一応、交渉の詳細は後日ということになっていて、協力もどこまでやるかは詰め切れていない部分。情報を得てしまった現在、モルテールン家の信頼を裏切ることを覚悟すれば、隠匿への協力なんて放置して、広めまくることも可能だ。

しかし、それはやらない、いや出来ないとレーテシュ伯は言う。

「何故だ。とてつもない利益を産むだろう情報だ。他所に流せば、利益も出るだろう」

セルジャンから見ても大きな情報だ。欲しがらない貴族は居ないだろう。交渉材料の一つとして流出させてしまえば、更に他家からどでかい利益を掻っ攫えるはずである。

「それで得られる利益より、情報秘匿に積極的に協力した方が大きい利益を得られるからよ。例の技術、モルテールンは根幹を握っている。うちはあくまで優先的に卸してもらう立場。うちで同じ物を複製できない限りね」

「ふむ」

今回の情報は、実はモルテールン家が生産技術を確立しているというところに肝がある。ただ単に〝こんなことが可能〟という知識のことであれば、横流しもいずれはやむを得ない。未来永劫隠し通せるものではないからだ。

しかし、実際にブツが存在するのなら、代替品が出来るまでは相手がオンリーワン。売り手絶対優位の体制にならざるを得ない。ここで売り手の機嫌を損ねるのは愚策と、伯爵は考える。

「向こうが主であり、うちが従である以上、向こうは幾らでも従の替えは利くのよ。例の豆を何故欲しがったのか謎だけど、それだって例えばボンビーノ経由で手に入れることも出来る」

「確かに」

外国産の豆だ。入手がとても難しいものであるし、レーテシュ家の力があればこそ手に入ったともいえるものだが、レーテシュ家以外が手に入れることが出来ないわけでもない。

つまり、代替品がある。

「うちが利益を得ようと思えば、うちが独占して取引できる方が良い。なら、この情報は徹底的に秘匿した方が、うちの独占が続く。本当に憎らしいわ。結局手のひらで転がされている気がするもの」

「それでも、他家に先んじてモノが得られるようになったのはデカいだろう」

「それはそうだけど……」

何か、釈然としないものが残る取引だった。

明言していないにもかかわらず、相手の意図した協力をせざるを得ず、此方が一方的に得したはずなのに、どこかしら引っかかるものが残る。

「とりあえず、折角の貰い物だ。美味しいうちに食べてしまおう。誰か!!」

パイ菓子は、焼き立ての方が美味い。冷めたパイにしてしまうのも惜しいわけで、セルジャンは使用人を呼んだ。

別室に控えていた侍女が、即座にやってくる。

「はい、旦那様」

「お茶の用意を頼む。甘いお菓子に合うようにしてくれるか」

「畏まりました」

レーテシュ家の侍女は、一流である。さほどの時間をおかず、お茶の用意が整った。

「へえ、美味しいお菓子ね」

「チョコレート、というお菓子だそうだ。自信作なのでご賞味あれとのことだ」

伯爵もお茶の香りや味を楽しみつつ、ふと贈り物に添えてあった手紙に目を向ける。

中身を読むにつれ、彼女の顔つきが険しくなっていく。

「なるほど、これは大問題ね」

手紙を読み終えたところで、レーテシュ伯は凝り固まった眉間を揉み解す。

「何が書いてあった？」

「モルテールン領が、魔の森と繋がったわ」

夫の問いかけに、ボソっと呟く妻。

「どういうことだ？　あそこは山脈が魔の森との間にあっただろう。わざわざ森まで道路でも作ったのか？」

「それならどれだけ良かったか」

「どういうことだ」

「山を移動させたらしいわ」

「何？」

セルジャンは、自分の耳を疑った。

「山を移動させたんですって。相も変わらず、信じられないことをするのね」

「そんな……そんなことが出来るのか？」

例えるなら、富士山がある日、伊豆に引っ越していました、というようなレベルの話。荒唐無稽と切って捨てる方が常識的な話だろう。

常識ではありえない、人知を超えたものが魔法という存在であるが、それにしたって限度があるだろうと、セルジャンは驚愕を隠せない。

「普通ならば、絵空事と切って捨てるでしょうけど。あの坊やが、わざわざ知らせてきたのですから、嘘ではないのよ」

「凄いな、それ以外に言いようがない」

破格、規格外、非常識、何と言うのかわからないが、どの言葉でも不足のような気がする。地形を変えてしまうような真似を、妄想ではなく本気で実現してしまう人間が存在したことが驚きだ。

「これは尚更、情報隠匿には協力しないと。うちが隠していた魔法使いがやらかしたことにしてくれとあるけど」

モルテールン家からの要請、交渉の詳細条件の一つとして、レーテシュ家に凄腕の魔法使いが匿われていたことにしようという提案があった。

確かに、誰もが魔法を使える技術を新規開発、というインパクトよりは、凄い魔法使いが居る、という方が納得されやすいし、信じられやすい。

よくもまあ思いついたものだと、レーテシュ伯も感心する。

「協力するのか？」

「勿論。抑止力があるのは良いことだわ」

レーテシュ家ほどの大家となれば、敵も多い。ここで〝隠された凄腕魔法使い〟という存在が噂になれば、敵は必ず委縮する。少なくともことの正体が知れるまで、首を引っ込めて大人しくなるはずだ。

山一つ動かした魔法。正体不明でありながら、事実のみ存在するそれは、敵対する人間にとっては恐怖に他ならない。外交の場で、軽く匂わせるだけでも、譲歩が引き出せるかもしれない。

レーテシュ家にもメリットは多い。

「問題は、何でそんなことをしたのかってことだけど……」

気になるのは、何故山をどうこうするような、目立つ真似をしでかしたのか。考えなしにやらかしたとは思えないが、意図が何処にあるのかはっきりしない。レーテシュ家に土産をくれただけとも思えないのだが、何で派手にしたのか。

「ふむ、やはり例の豆に関係があるのか？」

「そうかもしれない」

ペイスの思考を読み切れていない感覚がある。レーテシュ伯としては、霞がかった両家の思惑に、落とし穴が隠されていないことを祈るばかりである。

そんな彼女の目の前に、チョコレートのパイが映る。

「このお菓子、初めて食べるお菓子だけど、どうやって作ってい……」

ガチャン、と大きな音を立て、乱暴に茶器が置かれる。

「どうした？」

「やられたわ!!」

慌てた様子のレーテシュ伯にセルジャンは心配そうな声を掛けた。

「一体なんだ？　何がやられたんだ？」

「このお菓子、あの豆から出来てるのよ!!」

レーテシュ伯は、気づいた。カカオなる豆の正体。加工の先にある、チョコレートというものに。

「はあ？　そんな昨日今日でこんな美味しいお菓子に出来るものなのか？」

「それが出来る……いえ、きっと最初から価値が分かっていたのよっ!!」

カカオ豆からチョコレートとかいう、これほどに美味しいお菓子が出来る。それを知っていたからこそ、ペイスがあれほど欲した。情報を差し出してまで欲しがった。カカオ豆の為に、山一つ消して見せた。そう考えると、全ての辻褄が合うではないか。

「そうすると……あの取引は、もしかして、とんでもない裏があるのか？」

「すぐに対策よ!!　セルジャン、急いで!!」

「お、おう」

どたばたと、緊急会議の為に動き出したレーテシュ伯。

残されたのは、食べかけのチョコレートパイである。

放置され、宙に浮く形となってしまったチョコレートパイ。

そのあまりの美味しさが噂となり、これからひと騒動起きるのだが、それは別のお話。

第二十五.五章

燻る火種

お祭りの準備

世の中に楽しいことは数あれど、大人数で楽しみを共有する機会は限られる。日々の仕事に追われ、毎日を忙しくしている大人達にとっては、特に大勢で集まる遊びなどは縁遠くなるもの。子供の頃であれば無邪気に皆で集まって遊ぶというのも当たり前であったのに、年を取ると集まるという時点で難しくなってしまうものらしい。

しかし、それでも人は楽しみを忘れない。大人になっても、いや大人だからこそ、遊ぶ機会には大いに遊ばねばならない。

老いも若きも、男も女も、皆が集まって一つのことを楽しむ集まり。それが祭りと呼ばれる。

古今東西、お祭りごとを行わない社会は不健全とさえいえるのだ。

「プローホル、貴方に一つ仕事を頼みたいのですが」

ペイスは、一人の部下に声を掛けた。

「はい、何でもお命じ下さい」

プローホル＝アガーポフ。モルテールン家の従士の中では最も若い一団に属するが、頭脳明晰であり、冷静な判断力を買われて、ペイスの直轄として幹部候補の教育を受ける若手有望株の一人。

元々ペイスの教え子であったこともあり、未だにペイスに対して敬礼する癖が抜けない若者である。

「頼みたいことは他でもありません。お祭りの準備と差配を任せたいのです」

「祭り……ですか？」

「ええ。出来るだけ急ぎで、祭りの準備をして下さい。下に、村の若者を二十人ばかり付けますので、彼らを動かして祭りを整えてもらいたい」

モルテールンの流儀は、スパルタ教育の実践主義である。初代カセロールからして厳しい環境で苦労して物事を学んできたという経験から、次代のペイスに対してもとにかく厳しい教育が為されている。

家中の人間に対しても同じ。世が世なら確実にブラック企業と言われそうな、ハードな労働を課せられる。勿論、待遇面では相応に報われるわけだが、仕事量が多いのは最早当たり前とされていた。仕事をサボろうと思えば戦いに出向くのが一番、などという家がどれだけあるのか。

「分かりました」

今回、プローホルが命じられたことにしてもそうだ。まだまだ新人と呼ぶべき若者に部下を何十人も付け、指揮してイベントを差配させるなど、他所ならばやらない。

しかし、そこは順応性の高い年ごろ。モルテールンの流儀を一年以上叩き込まれたプローホルは、余計なことは言わずにただ頷く。よく訓練されている若者である。

「貴方の勉強も兼ねています。元より貴方はどうも指示待ちの傾向がありますから、ここら辺で、自分が人の上に立って、人を動かす人間だという自覚を持ってもらいたいと思います」

「……承知しました」

将来有望な幹部候補。だからこそ、ペイスは期待も込めて仕事を任せる。

元々プローホルは平民階級の出身。寄宿士官学校で学ぶ幸運には恵まれたものの、出自の劣等感から一歩下がる消極性が見られた。これは誰かの部下として、自主性の必要の無い官僚的な仕事をするのであれば長所にさえなり得る。

しかし、プローホルにモルテールン家が求めることは、自分から動いて物事を作り上げる積極性と行動力だ。優秀な能力を、どんどん活かして欲しいと願っている。身分の上下で仕事内容に差をつける階級主義的な発想は、モルテールン家には存在しない。誰であろうと、能力によって仕事を割り振られ、適材適所を旨とするのがモルテールン流。

新人であるにもかかわらず部下を付けて、一つの仕事を任せるというのも特訓の一環だ。

「当家のお祭りについて、何か聞いていますか？」

「いえ。今までどういう感じでやっているのかを、まずは聞きたいですが」

領地が変われば、伝統も文化も風習も違うもの。他所の土地で生まれ育ったプローホルには、モルテールンの風習は分からない。

祭りについても然り。

せめて今までどんな形でお祭りを祝ってきたのかが分からねば、指揮も何もない。

「詳しくは先輩に聞くのが一番です。祭りを差配した経験のある先輩が何人か居ますので、聞いてみると良い。過去にやったお祭りでいえば、武闘大会のようなものや、料理フェスティバルみたいなものをやりましたね。料理大会の時は、陛下にもご臨席を賜りました。基本的には人を集め、楽しませることです」

モルテールン領は歴史の浅い土地であるが、それでも人が集まれば祝い事や祭り事は生まれるもので、収穫祭のような祝いや、領主主導のお祭りも過去に経験している。

武闘大会というのは、ペイスが始めたことだ。モルテールン領の経営が黒字化し始めた時、人員を増やす必要に迫られ数人を従士として採用。元々首狩り騎士と綽名されるカセロールの勇名を慕って集まったモルテールン家で、新人たちの実力が不安視されたことから、分かりやすいお披露目として武闘大会が開催された。

ちなみに、この武闘大会の切っ掛けは、子供同士の決闘騒動である。

料理大会は、モルテールン家がお菓子でひと財産を築く契機となった事件だ。今は飛ぶ鳥を落とす勢いであるお菓子事業。特に焼き菓子事業は、原材料が簡単に入手でき、製法もシンプルで量産化しやすい割に単価が高く、利益が物凄いことになっているドル箱商品だ。普通であれば、こんな景気のいい話は他所が真似しそうなものである。

それが出来ない理由は、モルテールン家だけにある二つの理由からだ。

一つは、王家のブランド。

料理大会では国王臨席でモルテールン家がレーテシュ家に勝利するという事件が起きた。この勝利のお菓子こそ今では『リコリス印』で有名になったジンジャークッキーだ。レーテシュ家が総力を挙げて用意した最高のお菓子と比べ、他ならぬ国王陛下がモルテールン家に軍配を上げた件の事件。誰しもが驚く結果となったわけだが、これでブランド化が出来ないわけもなく。他が真似しようにも、モルテールン家の『リコリス印』以上に箔の付く焼き菓子は、現状出来上がる気配すらない。もう一つが砂糖の独占。

焼き菓子自体は古くから神王国に存在し、それなりに洗練されたものも存在してはいたのだが、何せ砂糖が舶来品だ。外国からの輸入品ということで高価であり、コストプッシュ要因となっていた。ここに一石を投じ、砂糖の内製化に成功したのがモルテールン家。元より流通量が限られていたこともあり、今では神王国の砂糖はモルテールン家が九割以上のシェアを持つほどになっている。

他所が同じように内製化を進めようとしても、初期投資が天文学的になる時点で多くの貴族が断念することになった。新しいことを始める時、最初の一歩がとにかく難しいもの。ペイスの様に、最初からまともな知識を持っているのが異常であり、試行錯誤をするためのとっかかりすら金貨が飛ぶような真似は、普通の貴族では出来ないという事情がある。

モルテールン家を代表する看板に育った製菓事業。

飛躍の契機となった料理大会は、四年に一回程度で続けることが決まっている。

モルテールン家伝統のお祭りと言って良いかどうかは議論の余地があるだろうが、継続開催が決まっている点では参考になるだろう。

ちなみに、これを取り仕切っているのは金庫番のニコロであり、新人に毛の生えたような状態で一切を任されたという意味では、プローホルの大先輩でもある。

愚痴も含めて、有用な話が聞きたいなら最適だろうとペイスはアドバイスした。

「人を集めて楽しませる……主題はありますか？　人を集める名目のようなものは？」

料理の祭りなら、一番美味しい料理を決める。武闘大会なら誰が最強か確かめる。お祭りをするには、何を祭って祝うのかを決めるのが先決。プローホルはそう言った。

「いい質問です。今回の祭りは、雨乞いの祭りとします」

青年の質問は、ペイスにとっても望ましいものだったのだろう。笑顔で頷きながら、今回の主題を伝える。

「雨乞い？」

雨乞いっていえば、雨よ降れって祈るやつですよね、とプローホルは尋ねる。当たり前といえば当たり前の質問だが、突拍子も無い話であったため、思わず聞いてしまう。

「そうです。雨乞いです。具体的には……火を熾して、周りで踊ります」

「火を熾して踊る？」

一体どういう意味があるのかと訝しむが、元より教官の言を疑わないよう教育されてきたプローホルは疑問を口にしない。上官の命令には絶対服従という教育の弊害だろう。

火を熾せと言われれば熾すし、周りで踊れといえば踊るのだ。返事は〝はい〟か〝分かりました〟以外に存在しない。

「広場に薪を積み上げて貰えば、あとは僕が適当にやりますよ。貴方にやってもらいたいのは、雨乞いの名目で集めた人々を、如何に楽しませるか。つまりは、祭りの準備までです。どう安全と治安を守るかの計画。特に来客来賓には高貴な方々も呼ぶつもりですから、そこは気を付けて準備してもらいたい。楽しんでもらうことと、安全を保障することは両立してもらわねばなりません」

「聞くからに大変そうですが、自分に務まりますか？」

「貴方なら出来ますよ。困ったことや細かいことは、先輩に聞けば教えてくれます。頼り切っては意味がありませんが、助けてくれる人も居るということで安心して下さい」

「分かりました」

プローホルは、ビシっと背筋を伸ばして敬礼した。

「で、どうやら仕事が任されたわけだが」

プローホルが、溜息をついた。彼の前には、三人の男がいる。

全員がプローホルと同期で雇われた、学生時代からの知り合い。アルルカン＝ミル＝サーボス、通称アール。カールド＝ミル＝ボン、通称カール。トールキン＝ミル＝サマルカルン、通称トール。

アールカールトールと呼びやすいことから自然と三人がセットにされ、三馬鹿トリオとも綽名される仲のいい三人組だ。

名前に貴族号があることから分かるように三人とも貴族であり、実家の継承権は低いものの良いとこのお坊ちゃん達である。

彼らが何故モルテールン家のようなところに雇われたかといえば、寄宿士官学校卒業間際になって師事していた教官が捕まり、卒業前に決められていた進路が突然おじゃんになってしまったからだ。卒業も間近のギリギリで、進路が白紙。どうしたものかと困っていたところにプローホルが声を掛け、モルテールン家に雇われることになったという縁である。

斯様な経緯から三人組とプローホルは何かとつるむことが多く、つるむことが多ければ仲良くもなるというもの。お互いに忌憚のない意見の言いあえる、気の置けない友人というやつだ。

「凄いな。いきなり大仕事を任されるなんて。大抜擢じゃないか」

領地によって差異はあれ、お祭り行事は重要なものと位置づけられるもの。大きく人も金も物も動くわけで、特に内務系の人間としては腕の見せどころともいえるものだ。ある意味、軍事行動の予行演習でもあり、経験と知識を実地で学ぶためには、最適とさえいえる。

寄宿士官学校では内務系の教官に師事していた三人組は、プローホルに素直に称賛の声を贈った。

「責任があるから、素直に喜べないんだけど」

「我等が同期の星は、謙虚でいらっしゃる」

同期生の気楽さというのだろうか。揶揄いつつも、モルテールン家上層部に信頼されているプローホルに対しては、新人たちも憧れと羨望を持つ。

モルテールン家が実力主義を謳っていることは周知の事実で、だからこそ抜擢は実力の表れ。同じ男として、率直に羨ましいと感じるものだ。

「それで、先輩に話を聞いてきたんだろ？」

「ああ。色々と大変そうだと実感したよ」

祭りの差配の為、経験者に聞くことは色々と多かった。大枠の心構えから始まり、非常に細かい注意事項まで。これこそまさに経験の塊であると、プローホルは寝る間も惜しんで努力している。

「招待客はどうなってるんだ？　陛下が来られるようなことになったら、こっちにも心づもりがある」

「そうそう。実家に自慢しないとな」

モルテールン家のお祭りに国王陛下が顔を出した事件は、貴族界隈では広く知られている。もう一度同じことがあったなら、それこそ貴族として国王に顔を売る大チャンスだろう。

「流石に、陛下にはお声がけも難しいよ。招待状を出すのはモルテールン家所縁の方々ばかり。是非来てもらいたい方には直接ペイストリー様が説明に伺うらしい」

「是非来てもらいたい方？」

「モルテールン家から嫁がれた姉君方だそうだ。モルテールンでのお祭りだから、という名目だ」

モルテールン家は当代当主カセロールの実家とは縁を切っており、その妻の実家とも今尚遠慮がある。その為、親戚付き合いという意味ではカセロールの娘たちが嫁いだ家がほぼ全ての親戚付き合いとなる。

「名目？」

「どうにも暈（ぼか）しておられたが、何がしかの深い意図があるようだ。出来るだけ口の堅そうな、信頼できる客を集めたいと仰っていた」

「口の堅い客ねえ」

「モルテールン家は歴史が浅い。その分、身内と呼べる縁戚も少ない。その数少ない身内をあえて呼びつけるわけだから、このお祭りっていうのも、ただバカ騒ぎしたいわけでもなさそうだ」

数少ない親戚を呼びつけてでも謀りたい何がしか。一年以上の付き合いがあり、迷信や不合理を嫌うモルテールン家の家風をよく知るプローホルとしては、雨乞いの裏に壮大な陰謀が隠れている気がしてならない。

　この辺の本質的な勘の良さが、モルテールン家上層部に気に入られている理由でもある。ある意味、特性としてシイツ従士長に近い。少ない情報からでも違和感を感じ取れる直観力の鋭さだ。

「ますます責任重大だな」

　アールがポンとプローホルの右肩に手を置く。

「頑張れよ。手伝わないけど」

　トールも同じくプローホルの横に立ち、空いている彼の左肩に自分の手を置く。

「大変だろうがお前なら出来るよ。何も手伝わないが」

　カールは真正面から、プローホルの両肩に手を置き、がっしりと掴む。

「期待してるぞ。邪魔するけど」

　三馬鹿トリオの声が重なる。

「いや、邪魔はするなよ。失敗したら大変だぞ?」

　同僚たちの息の合いっぷりに、プローホルはため息をつく。

「いやいや、俺たちを差し置いて出世しそうな首席様の足を、盛大に引っ張る機会だよな」

「なるほど!!　よし、今のうちに何が出来るか相談しようぜ」

「酒を無料で配ってみるか?　酔っ払いの量産化だ」

「音楽も景気良いのにしようぜ。大きな音で町の外にも聞こえるぐらいにして。打楽器とか最高だよな」

「いいねえ。じゃあ出店もやらないか？　俺たちも儲かるし、人が集まるぜ？」

「人が集まるなら、ゲーム大会とかいうのをやるか？　小さな武闘会でも開いてさ、賭博もやる。きっと荒れ……盛り上がるぜ？」

祭りの盛り上げを手伝おうとしているのか、仕事を増やしまくって邪魔をしようとしているのか。実に微妙なラインの案を次から次へとひねり出してくる男たち。寄宿士官学校卒のエリートという、なまじ優秀なトリオだけに質が悪い。

「お前ら!!　いい加減にしろ!!」

プローホルとゆかいな仲間たちは、悪乗りしつつも祭りの企画を練り上げていった。

招待と受難

神王国東部にあるハースキヴィ準男爵領。

ここは、大きな森を抱えて平野が広がる土地であり、元々森を切り開いて作った土地も多いことから富饒（ふじょう）の大地が続く。肥沃（ひよく）な農地と見事な森林が広がる、豊かな領地だ。

かつては隣国のルトルート辺境伯領であったが、ルトルート家敗戦に伴う戦後処理によって旧ルトルート領は細分化され、そのうちの一つがハースキヴィ家に与えられたのがこの領地。このことから旧ハースキヴィ領と区別して新ハースキヴィ領と呼ぶものもいる。

治めるのはハンス＝ミル＝ハースキヴィ準男爵。三十路に手が届くかどうかといったところの好青年であり、領地貴族としてはそれなりに経験を積んできた軍家の有望株。

旧ハースキヴィ領が神王国中央部に鎮座する魔の森の傍であり、そこから出てくる魔物や野獣を防ぐのがお役目の一つであったことから、こと森林利用と防衛については国内でも屈指の知識と経験を持つアウトドア派の貴族である。

ハンスの自慢は、何といっても美しく賢い妻だ。

元々軍家の騎士爵家として続く家柄であり、良く言えば清廉一途で実直、悪く言えば単純な脳筋ばかりだったハースキヴィ家。そこに、外務や内務を任せられる知的な女性が嫁いできたことで、大きな飛躍の原動力となった。今では、嫁いでくる前と比べても倍する豊かさを手に入れている。

この妻こそヴィルヴェ＝ミル＝ハースキヴィ。旧姓モルテールン。現モルテールン男爵カセロールの長女であり、モルテールン家嫡子ペイストリーの長姉（ちょうし）に当たる女性だ。

そんな賢妻を地で行く女性が、夫たるハンスに困惑気に声を掛けた。

「あなた」

「ヴィルヴェ？　どうしたんだい？」

尻に敷かれている、もとい頼りにしている妻からの呼びかけに、ハンスは鍛錬の手を止めて向き合う。

「実家から連絡が来たの。少しいいかしら」

ヴィルヴェことビビの手には、羊皮紙があった。ぴらぴらと揺らす紙に、恐らく悩ましい内容が書いてあったのだろう。少なくとも、当主と相談せねばならない事項があったはずである。

ハンスは体の汗を拭うと、屋敷の方を指さす。

「モルテールンから？　分かった、奥の部屋に行こうか」

屋敷の執務室に入り、執務の態勢を取ったところで、ハンスは妻に話しかける。

「それで？　モルテールン男爵家からの連絡とは何なんだ？　戦争の援軍か？」

モルテールンからの連絡と聞いて、真っ先に戦争を思い浮かべるところが生粋の軍家貴族なのだろう。とにかく戦いこそ我らの本義というのがハースキヴィ家の伝統である。

しかし、ビビは勿論首を横に振る。

「そんな物騒な話なら、あなたに直接いくでしょ」

「それもそうか。だとしたら、熊の話か？」

ハースキヴィ家は、以前モルテールン家から熊の子供を預かったことがある。猛獣を飼いならすということで得られた外交的な優位性（アドバンテージ）は大きく、新興の東部貴族としては一目置かれるようになった。熊を飼いならすような剛の人間に、舐めた態度を取る人間も居ないだろう。少なくとも、海のものとも山のものとも知れない有象無象という評価から、侮っては痛い目を見るかもしれない家、という評価にはなった。

新たに領地を賜った、根の浅い貴族としては上々の立ち上がりになったわけで、この点モルテールン家には感謝しているのだ。

その件かともハンスは考えたが、これも違うとビビは言う。

「だったらジョゼの手紙のはずよ。むしろ、連絡なしでとんでくるかも」

「うむ、となると思い当たることがないな」

それはそうだろう。ビビが言いたかったのは、今までの諸事案とは全く異質な連絡だったのだから。

「それが、祭りに来ないかって話なの」

「祭り？」

「ええ。何でも、モルテールン家で新たに始めた行事らしくて、是非参加してもらいたいという話なの」

モルテールン家からの連絡は、お祭りへの招待だった。祝い事や弔い事の為に人を招くというのはよく聞く話だが、フェスティバルの楽しみのためにおいでませと招待するというのは珍しい。別にあり得ないというほどのこともないが、それこそ大貴族同士で人を集める名目のような使われ方をするのが普通であり、身内を呼ぶ理由としては風変わりといえる。

「新たに始めたねえ。内容は分かるか？」

「雨乞い……の踊りを踊るらしいわ」

「はあ？　なんだそれは」

ハンスは、思わず体がガクっと傾いでしまった。

祭りの内容にしても、雨乞いでお祭りなど聞いたことがない。

「私も良く分からないの。モルテールン領に雨を降らせる儀式をする。ついでに祭りもやるから、是非姉上もお越しください……って、ペイスの名前で招待状が届いて」

「よく分からんな」

　雨を降らせる儀式をするというのは、百歩譲って理解してもいい。モルテールン地域に雨が降らないというのは有名なことなので、いよいよもってモルテールン家も珍妙な儀式に頼るようになったと思えば、納得もしよう。効果があるとは思えないわけだが、聞けばモルテールン家には星占いで未来を予見する魔法使いが居るという噂もある。何がしか超自然的な儀式を成就させる確信があるのかもしれない。

　それにしてところで、何でハースキヴィ家を招待するのかと、疑問は残る。ハンスの問いには、妻が答えた。

「それはほら、お礼の意味もあるみたいよ」

「お礼？　何のだ」

「ルミちゃんを寄宿士官学校に推薦した御礼よ」

「ルミ……ああ、モルテールンの従士の子に、推薦が欲しいと言われた件か」

「ええ」

　先だって、モルテールン家から二名の寄宿士官学校入学者が出た。そのうちの一名は、モルテールン家たっての願いでハースキヴィ家より推薦したのだ。今まで幾つも借りを作っていただけに、ここで一つでも借りを返せるならと二つ返事だったことは記憶に新しい。

「モルテールン男爵が推薦すれば良いものを、何故うちにとは思ったな」

「入学時期がたまたま被る子が、もう一人いたのよ。マルカルロって子」

「二人とも、わざわざ王都の学校に入学させるんだ。相当優秀なのだろう」

「どうかしら。やんちゃな子だったけど」

ビビはモルテールン領に居た頃、マルクやルミとの面識がある。まだ赤ん坊のような年頃の二人の印象が強く、成人するような年になったというのにも現実感が伴わないほどだ。

小さな時から元気いっぱいのやんちゃ坊主、おてんば娘だった二人。その二人が、頭の良し悪しなんて分かるはずもない年ごろの時に、ビビはハースキヴィ家に嫁いできた。最近の成長著しい様子を知らないわけで、どんな為人かと問われれば、やんちゃと答えるしかない。

「当家が推薦した子の方は、どうだろう。うちに引っ張ってこれないか？」

ハンスは、淡い期待をもって妻に尋ねる。

ハースキヴィ家は目下のところ優秀な人材を募集中だ。陞爵して以降、人手不足が慢性化しており、とりわけ算勘に長けた計数に明るい人物は喉から手が出るほど欲しい。

寄宿士官学校の学生というなら、最低でも読み書きと計算は出来る。ましてや、あのモルテールン家がわざわざ学校にやろうというほどの人材。これはもう、ハースキヴィ家としても是非確保したい人財といえる。

「それが出来れば一番だけれど、難しいかも。今、うちの実家は凄いらしいから」

「羨ましい話だな」

はあ、とハンスはため息をついた。分かってはいたが、モルテールン家から人材を引っ張るのは難しそうだ。逆に、ハースキヴィ家から人材が流出していきかねない状況でもあり、何とか彼我（ひが）の差を埋めねばと奮闘しているところではあるのだが、如何せんモルテールン家の勢いが凄すぎる。

「それで、推薦のお礼に、お祭りへご招待って話はどうする？　受けるの？」

　妻の問いに、頷く夫。

「受けて害のあるものでもなかろうよ。送り迎えまでしてもらえるなら、旅行も良いものだ。交流の場にも顔を出す意味はある」

　今、神王国でも最も伸びている家がモルテールン家だ。折角、妻の実家という強力な繋がりがあるのだから、機会があるなら縁を太くすることに躊躇いなどない。ペイスからの連絡では、魔法を使って送迎もするということであった。交通費も宿泊費も掛からず、むしろお客様待遇で歓待してくれるのであれば、受けても損は無い。

　まさか自分の娘を呼びつけておいて、暗殺を謀るようなこともあるまい。他所ならばその手の陰謀を警戒しなければならないが、モルテールン家の場合はその心配は不要だ。何せ、やろうと思えばいつでもどこでも暗殺し放題の魔法使いがカセロールなのだから。あえて呼びつける必要性が無い。

　モルテールン家が畏怖される理由の一端がここにあるわけだが、味方だと思えば頼もしい限りだ。これからも味方であり続けてもらう為にも、好意的な招待に応じるぐらいは何ということもない。

「子供たちはどうするの？」

「……連れていくか？」

　当代当主と次期当主の両方が他所に出向く。危険があるのは間違いない。何かあった時、最悪のケースを考えれば、家の中心となるべき人間は分かれておいた方が良い。軍事的にみればこれが常識。

しかし、子供を置いていくのもまた不安だ。内政や外交を取り仕切るビビからしてみれば、次期当主となるべき人間を、実家に連れていく機会は多い方が良い。

「それが出来ると嬉しいけど。うちの次期後継者を、出来るだけ頻繁にペイスと会わせておく意味は大きいもの」

「次期モルテールン男爵と、次期ハースキヴィ準男爵の交流か。確かに、悪くない」

子供の頃の交流は、大人になってからとても大きな意味を持つ。幼友達として面識のある人間であれば、多少は気心の知れた関係を構築出来るだろう。

昨今、モルテールン家のペイストリーと縁を持ちたいと考える貴族は続出している。面会を希望する者たちには当然、裏もあれば下心もたっぷりあるわけで、子供同士とはいえど邪な思惑と無関係ではいられない。

ハースキヴィ家も、モルテールン家と親戚づきあいをする数少ない家ということで、時折その手の話が来ることもある。

子供同士、純粋に祭りを楽しみ、友誼を深めるとすれば、まだ幼い今の内ではないだろうか。

ハンスは決断する。

「よし、連れて行こう」

「それじゃあ、早速準備しなきゃね」

夫の言葉に頬を緩める妻が、軽くパンと手を打ち合わせた。子供を連れていくと決めた以上、やらねばならないことがあるのだと張り切りだした。もうウッキウキのノリノリである。一足早くビビだけ祭りなのかと思ってしまうほどの上機嫌である。

「準備？」

「勿論、おめかしよ。あの子も、精いっぱい着飾らないと!!」

ハンスは溜息をついた。やれやれ、という思いだ。

「着飾るなら女の子の方がよくないか？」

「女の子？」

「どうせならオリバーも連れて行こう」

息子だけでは、被害が集中する。せめてもの被害分散にと、ハンスはビビに提案する。実子だけでなく、養子であるオリバーも連れて行ってやろうと。

この提案は、ビビにとっても楽しみが増える提案だった。

「それは素敵ね。じゃあ、早速着替えの準備ね。お化粧もしっかりばっちりやらないと!!」

モルテールン家の悪しき伝統文化。子供の着せ替え人形化。

強く伝統を受け継ぐビビ。彼女の子達は、長期間の拘束に心身疲労を起こす羽目になるのだった。

イドの深淵

寄宿士官学校卒業のエリートは、先人の轍をなぞる。

入学の時点で篩に掛けられ、生物として最も伸び盛りな数年間で切磋琢磨し、途中で挫折することなく耐えきった者達である。誰一人として無能は居ない。あるのは得意不得意の個性だけだ。

それを如実に表すのが、モルテールン領で行われる祭りかもしれない。

エリートたちがノリに乗って、嬉々として準備を進めたお祭り騒ぎ。物資の手配から、警備の計画から、貴賓の対応から、不測の事態への備えまで。おおよそイベント事を運営するに必要と思われる事前準備をパーフェクトにこなしながら、それでいて自分たちが楽しめるものを準備していく手際の良さたるや、モルテールン家の古株の人間が脱帽したほどである。優秀な人間とは、居る所には居るものである。

エリートの悪乗り、もとい周到な事前準備の甲斐もあり、無事に開催されることとなった「第一回モルテールン雨乞い祭り」ではあるが、実際のところ当日はさほど仕事がない。

お祭りというのは、準備をしている時が一番忙しく、そして楽しいものだ。

当日は、村人の有志だけで十分に回るだけの体制を整えてしまっただけに、モルテールン家の新人たちは祭り当日は暇になる。

より正確に言うならば、自分たちが当日心置きなく遊べるだけの準備をしていたということだ。遊びの為に大真面目。これこそモルテールン家の家風であると、従士長辺りは喜んでいたのは甚だ余談である。

「いやあ、こうしてみると壮観だ」

モルテールン家新人従士の一人、トールが感慨深げに呟いた。傍には二人の男たち。三人揃ってトリオ扱いされる面々である。

アール、トール、カールの三人が見ているのは、本村(ザースデン)の広場に用意された巨大な薪の山だ。ペイスの指示のもと、祭りのメイン会場の最重要イベントとして準備していたもの。差配していたプロ一ホルなども、入念にチェックをしていたが、今は火を点けられるのを待つばかり。

「うんうん、あれに火を点けると、きっと凄く大きな火になるだろう。見応えは十分だな」

見上げる、という表現が相応しい威容。わざわざ輸入してまで用意した、一抱えほどもある太い木。最早薪とは呼べない大木を支柱に据え、積みに積まれた薪の量は荷馬車五台分である。

更に、追加用の薪も準備されており、夜通し燃やし続ける手はずが整っていた。

巨大な焚火に心を躍らせるのは、ロマンだよなとアールが呟く。

「屋台もいっぱいだ。ナータ商会が、こういう時の為にって前もって準備してたのは凄いが」

広場の円周部。そして広場から村の郊外までのメインストリートの両脇には、簡素な木組みの構造物が並んでいた。屋根だけを急遽作りました、といった感じの建築に、机や箱を持ち込んで、調理や物販の為の場を拵(こしら)えている。

奇妙な熱気が漂う、屋台街という雰囲気があった。

勿論屋台街のメイン会場は広場の円周部なわけで、ここら辺の良い所はナータ商会が大きめの屋台を幾つか構えている。御用商人の特権というものだろう。

リンゴに似たボンカを使ったボンカ飴、製作過程すら楽しめる綿菓子、モルテールン産の卵を使ったふわふわのパンケーキ、同じくモルテールン産のクリームを使ったシュークリーム等々。総じてナータ商会の出店はスイーツ要素が強い。誰の指示があったのか、推して知るべしである。一等地を独占できていることも併せて考えれば、間違いなくモルテールン家上層部から事前に情報がリークされている。

カールは目ざとくナータ商会とモルテールン家の癒着を見抜いていた。

「あそこはうちの上とずぶずぶだかなら。情報が漏れていたのかもしれん」

「若様の思いつきだって話だぞ？　急に決まったことでここまで準備できるもんか？」

どこから調達してきたのか。豚肉の腸詰めを炙って香草を塗した軽食を齧りながら、アールはカールの言葉に反応する。もぐもぐと齧り付いているものの肉汁との格闘が忙しく、カールの言葉を深く考えずに聞いていたということだが。片手に肉、片手にジョッキが、祭りにおける正装だというのがアールの言い分である。

「そりゃ、酒やなんかは常に余裕をもって備蓄してたんだろ。ニコロさん辺りが、吹っ掛けてきた値段を値下げさせるのに口論したってよ」

「マジか。あの人も何気に凄いよな。暗算とかスゲエ速いし、間違えない。交渉も凄い上手いしさ」

トールは、自分の直属の上司になるニコロの話を情報漏洩（リーク）する。自分はエリートだという自負のある彼にとっても、ニコロの能力は素晴らしいと感じるもの。伊達にモルテールン家の金庫番と呼ばれていない。

自分のことの様に自慢げなトール。勿論、トールの片手にはボンカ飴があり、もう片方の手には、祭りの時にしか売れないような珍妙なオブジェがある。

「従士長の直弟子らしいぞ。次期従士長かもってさ」

「初耳だ。そうすると、俺らも出世しちゃうかも？」

今年の新人たちは、揃いも揃って優秀である。だからこそなのか、皆が皆上昇志向が強い傾向がみられる。

上下関係の緩いモルテールン家に出世も何もないのだが、それでも上層部から認められ、より大きな権限を任せられ、待遇が今以上に良くなるというのは望ましい。

いずれは自分たちも、という期待を見つけたことで、気分も改めて高揚してくるではないか。

「よし、前祝いだな」

「んじゃ乾ぱぁい」

既に何度目になるか、数えるのも億劫になるほどの回数を重ねた乾杯。寄宿士官学校の卒業生は、酒を嗜むことが基本設定（デフォルト）である。

明らかに素面（しらふ）ではないのだろう。力加減を間違え、ガチンと大きな音を立てるジョッキ。木造のそれが壊れやしないかと冷や冷やものだ。

「君ら……楽しそうだな」

祭りをこれ以上ないほどエンジョイしている三人組。それを見かけて声を掛けてきたのは、三人組とも仲の良いプローホルだった。

「こりゃこりゃ、我らが同期の出世頭様じゃないか」

つい今しがた出世がどうこうと話をしていたばかり。自分たちよりも先に大仕事を任せられた同期に対し、三人組はここぞとばかりに絡みだす。同期の気安さというのだろう。絡みはしても嫌味は無い、男同士のバカ騒ぎである。

「俺らを差し置いて出世した、祭りの実行委員長に乾杯ぃ!!」

「「乾杯!!」」

そしてまた、乾杯の音頭と共にごくごくと酒を嚥下する三人組。最早乾杯の名目など何でもいいのだろう。犬が吠えても乾杯、月が見えたと乾杯、良い女がいたぞと乾杯、首席様が偉そうだぞけしからんと言って乾杯。

いつの間にか、酒を入れていた陶器瓶が空になり、もう一本寄越せと、プローホルから酒を強奪し始めた。質の悪いカツアゲである。

「既に出来上がってる。駄目だなこりゃ」

酒代を遠慮なく三人組の財布から徴収したプローホルが、溜息をついた。誰がどう見ても、立派な酔っ払いの三人である。これの相手をさせられるのかと思えば、溜息の一つぐらいはつきたくなるだろう。「俺ら今日は非番だし？」

ぐへへ、とトールが喜色の悪い笑顔で笑う。

ここら辺が要領の良さなのかもしれないが、祭りがあると分かった時点から率先して調整に動き、祭り当日の一日は完全にフリーにしておいたのだ。代わりに、祭りの後始末を頑張ることにはなるのだろうが、今日は遠慮なく飲めるのだと言い張る。

「休みの日に祭りがあるって良いよな。今日が仕事の奴は泣いてたが」

「運の悪い奴もいるもんだ」

祭りの日程から逆算して仕事を調整し、祭り当日の仕事を割り振られる羽目になった男も居る。運の悪さというよりは、要領の悪さというべきか。或いは、責任感の強さというべきか。

その代表例がプローホルだ。

ペイスから直々に任せられたということもあり、祭りの最初から終わりまで恙(つつが)なく運営することが自分の責任だと考え、当日も仕事をこなしている。

「そうだな、こんな日に仕事してる運の悪い奴は、いっそ悪運を出し切ってしまう為にも、財布の中身を置いていくべきだ」

「良いこと言った。そうだ、置いてけ!!」

しかし、三人組にとってみればそんな責任感の強い優等生はイジリ甲斐のある友人である。おら、金を置いていきやがれと、お前はどこのチンピラだと言いたくなるような絡み方を始めた。

「酔うのは良いけど、ほどほどに。泥酔した同期を連行するとか、嫌だからな」

肩のあたりに腕を回しつつ、財布を求めて体のあちこちをまさぐり出したカールを引き離すプローホル。流石に男にケツを撫でまわされて喜ぶ趣味はないと、あきれ顔だ。

本来ならばここまで見苦しい酔っ払いは警備の詰め所に連行して、頭から水の一杯でも掛けて酔いを醒ましてやるものなのだが、そこは温情があるのだろう。

ほどほどにしておけと、注意するにとどめる。

「よっ!! 流石っ!!」

「真面目か。いいから仕事しろぉ」

いつの間にか、アールが食料を調達してきた。おまけに、酒のおかわりまで追加された。

本格的に痛飲する心づもりらしい。

「ホント、酔い過ぎるなよ」

最後に一言を言い置いて、プローホルは見回りに戻っていった。残された三人組は、それをネタにまた乾杯だ。

「うぃい、あいつの言う通り、ちょっと酔いが回ったかな?」

第三者から見てもちょっとどころではない酔いになったあたりで、カールが自覚を口にした。酔っ払いが酔っぱらったと自覚する時、往々にしてそれは泥酔と呼ばれる状況になっているものだ。

「拙いな。まだ祭りはこれかららしいぞ」

まだまだ宵の口。気づけばキャンプファイヤーも燃え出していたし、火の回りでは踊りも始まっている。

祭りの本番はこれからなのだ。

お祭りをもっともっと楽しむために。酔っ払いたちは、酔いをどうにかしようと思いつく。もっと早くに気づけという言葉は無粋である。

「よし、ちょっと酔い覚ましに行こう」

「そうしよう。で、どこに行くのよ」

「井戸で水飲もう。酔い覚ましだ」

「お前賢いな!!」

カールの提案に、トールとアールが手拍子で喜んだ。ここら辺が酔っ払いである。

本村には井戸が幾つかあるが、基本的に誰でも使える井戸は一つ。

場所もよく知っている三人は、フラフラの千鳥足で井戸までやってくる。

尚、今日に限っては井戸は封鎖されているはずなのだが、酔っ払いたちに怖いものなし。そんなことも言われてたような気もすると、濁り切った思考力では事前の注意も思い出せない。だからだろう。〝何故か〟封鎖が解けていたことに不信を抱くこともなく、水を汲もうと紐付きの桶をぽーんと投げ込む。

井戸に投げ込んだ桶をうんこらしょっと引き上げるわけだが、そこでも〝何故か〟紐がちぎれそうなほどに重たいのに気づかない。

酔っぱらった阿呆三人がかりで、うんとこどっこいしょと桶を持ち上げたところで、異変に気付いたのはカールだった。

「……おい、井戸から女の子が出てきた」

カールの言葉に、他の二人は呆れる。

井戸から女の子が出てくるなど、お前は相当に酔っぱらってるんだと。

「おいおい、酔っ払いすぎだろ。どこの世界に女の子の湧く井戸があるって……女の子だ」

次いで惚けた声を出したのはアール。

自分はそれほど酔っぱらったのかと目をこする。

「お前ら、揃って馬鹿だな。水汲むのにそんな酔っぱらって……女の子だ」

最後に自分の頭を疑ったトール。いよいよもって、三人揃って惚け顔になった。

「た、助かりましたぁ」

井戸から出てきたのは、とても可愛らしい女の子だった。

姉、襲来

雨乞いの祭りが本格的に始まる前のこと。まだ日も高い中、モルテールン家に来客があった。ハースキヴィ家からやって来た、ビビご一同様だ。

日頃から冠婚葬祭の付き合いは欠かしたことのない関係なのだが、お祭りに呼ばれたのは初めてとあって、喜び勇んでやって来たハースキヴィ家の面々。小学生就学前ぐらいの子供が最年少だろうか。

本来ならば先んじて挨拶せねばならないのは貴族家当主のハンスなのだが、モルテールン男爵が不在ということもあり、姉弟の気安さからビビが最初に口を開いた。

「ああ、懐かしき我が家!! って言っていいのかしら。建て替えもあったから懐かしさは無いけど、何となく故郷って感じがするわ!!」

「ビビ姉様、改めてお帰りなさい」

モルテールン家を代表して、ペイスが歓迎の意を示す。公の記録の残る訪問であり、公式会合ということになるわけだから、たとえ姉が儀礼をすっ飛ばしてはっちゃけたとしても、守るべき体面というものがある。

足を軽く開いたまま背筋を伸ばし、右手を軽く握って胸に当てる儀礼の立ち姿。凛々しい若人の姿であると感銘を受けるのが普通なのだろうが、普通と一番縁遠いのがモルテールン家である。弟の格好良い立ち姿に対し、姉が取ったのはモルテールン家風コミュニケーション。すなわち、遠慮のない抱き着きである。

「結構背が伸びたんじゃない?」

ペイスを胸に抱えたまま、ビビは思ったことを口にする。今までであれば腰のあたりにあった弟の頭が、いつの間にか胸のあたりにある。間違いなく身長が伸びている。

「そうですね。大分伸びました」

「生意気そうなのは相変わらずだけど、元気そうで嬉しいわ。うりうり」

ペイスが嫌がったことで一旦離れた姉弟だったが、それでも遠慮という文字はモルテールンの辞書には存在しない。背が伸びたことを揶揄うかのように、姉は弟の頭を両手でもみくちゃにする。

「姉様、髪の毛が抜けます。止めてください」

「いいじゃない、久しぶりなんだから。もう少し……あ」

止めろと言われて簡単に止めるようなら、そもそもペイスの姉など務まらないわけであり、わしゃわしゃと髪の毛を弄る姉の手は止まることがない。

やむなく、ペイスは姉から強引に離れて距離を取った。

「ふう、ビビ姉様こそ相変わらずのようで。いい加減僕を弄るのは止めて欲しいです」

「やだ」

「ヤダじゃありません」

いまだに懲りずに、じりじりと彼我の距離を詰めようとするビビ。久しぶりに故郷に帰ってきたことで、色々と理性のタガが緩んでいるのかもしれない。いつもはもっと理性的なはずなのに、なかなかに高めのテンションで弟に相対している。

これを掣肘（せいちゅう）出来るのはただ一人。ビビの夫であるハンスだけである。

「おまえ、懐かしいのは分かるが、その辺にしておきなさい。ペイストリー殿、久しいな」

無理やりに妻をペイスから引き離し、自分の背後に持って行ったハンス。妻の醜態に赤面の至りだが、表面上は極普通の表情でペイスに挨拶する。勿論、正式な儀礼式でだ。

ようやくまともに挨拶が出来ると、ペイスもほっとしながら会話を続ける。

「義兄上もご壮健のご様子。準男爵閣下自らお越しいただき嬉しく思います」

しばらくの間、社交辞令としての雑談が続く。お互いの近況であったり、最近聞いた噂話であったり。会話のネタには困ることのない、ゴシップメーカーがモルテールン家である。話題を無理に探すまでもなく話は弾む。

それからややあって、ふと思い出したようにハンスが子供に目を向ける。そこには、既に退屈さを体全体でアピールしている子供が居た。幼い子供に、大人たちの会話などつまらないことこの上ないのだ。一応、躾はされているようで、その場から離れたりはしないだけの常識を持っているようではあったが、体をもじもじそわそわと動かしていて、明らかに退屈している様子だった。

「今日は子供たちも連れて来ている。祭りということらしいから、楽しめるかな？」

「それでしたら、部下に案内させましょう。屋台も多く出ています。見て回るだけでもきっと楽しめますよ」

「ほう」

甥っ子の様子を見て、ペイスも色々と気を回す。

これからハンスとペイスは貴族家を代表した者同士として色々と交わしておかねばならない交渉事がある。モルテールン領内でハースキヴィ家の人間が武装してもいいかどうかの交渉であったり、滞在時の不測の事態についての確認事項であったり。多分に形式的な内容ではあるのだが、平民が親戚の家に遊びに来た、というような気楽さではいられないのが貴族というものだ。

つまり、これからも子供主観で見れば長い時間、退屈さが続くということ。どうせ形式的なものなのだから、子供はもう遊びに行っても良いんじゃないかと水を向ける。

勿論、物騒な世の中であり、まして祭りという非日常の最中、警護だけは怠れないという意味からの提案だ。

ハンスとしても、気を回してもらっていることは理解できたし、これ以上退屈さを息子に強要していては、いつ愚図りだして恥を晒すかもしれないと危惧していたところ。さっさと任せられるなら、任せてしまいたいところだ。子供の相手に面倒さを覚えてしまう辺り、男親の悲哀というべきだろうか。

「いいよ。俺は一人で見てまわる!!」

だが、親の心子知らずである。

退屈さが積み重なっていた少年は、うざったいお供や護衛など放ったらかして、さっさと遊びに行きたいと言い出した。気持ちは大いに分かるだろうが、それを許せる環境でもないとハンスは首を横に振って息子を諭す。

「それは親としても、許可できんな。他所の土地で息子を一人で放置しては、何かあった時に大変だ」

他所の領地で、次期当主となるべき息子を一人で行動させる。それも、不特定多数の人間が集まるお祭りの中に。こんなものは、無謀を通り越して暴挙である。

「じゃあ、オリバーと行く。行くぞ!!」

「え？　え？」

「こら、待ちなさい!!」

だが、やはり親の心が子供に伝わることは無い。一人では行動してはいけないという言葉を、文字通りに受け取ってしまった少年は、ペイスと年も変わらない少女と共に飛び出していった。

　オリバーキッシュ嬢はハースキヴィ家の養女であり、ペイスとも面識があるわけだが、武術の腕前はからっきしであることが分かっている。色々な立場から次期当主の少年に強く反抗できなかったのだろうが、少年一人も、少女と二人も、危険度的には変わらない。

「義兄上。すぐに部下に追わせますし、祭りの警邏は厳重に行っています。安心してください」

　流石にペイスはすぐに動く。近くにいた部下に即座に後を追わせて対応した。元々、こういった不測の事態、貴賓が出歩くことも想定して警備計画を練っていたことから、さほどの手間をかけることなく警備体制は整うだろうと、ハンスを安心させる。

「ありがとう。しかし、私の部下にも手伝わせても構わないだろうか」

　ハンスにも、警護のために部下がいる。ハンスがシイツやグラサージュといったモルテールン家の従士を知っているように、ペイスもハースキヴィ家の部下の顔は見知っていた。

　しかし、だからと言って他家の人間を勝手気ままにうろつかせるわけにもいかない。

　ペイスはハンスの要請に対し、毅然とした対応を取る。

「許可します。ただし、帯剣までにしてください。抜剣は理由の如何を問わず、こちらで一度は取り調べることになります」

「ま、そうだろうな」

　自家の御曹司を探して守るのに、まさか丸腰でやれとも言えない。しかし、だからと言って剣を抜き身で振り回されても安全な祭りの運営に支障をきたす。剣をもっていざというときの備えにすることは許可しても、相当な理由がない限りは剣を抜くことは許されない。もしも剣を抜いたなら、それがどんな理由であっても必ずモルテールン側が拘束し、取り調べを行う。

ここら辺は、妥当で常識的な落としどころだ。

「ああ……ペイスがお父様みたいになってしまったわ」

実に頼もしくなった弟の姿に、ビビは嬉しさとさみしさを同時に感じていた。あの可愛らしくぷにぷにとしていたペイスが、いつの間にか一端の領主のようなことをしている。弟の成長を喜ばしくも思いつつ、どこか遠い所、知らない人間になってしまったような寂しさ。

ついつい、弟の頬っぺたをつついてしまう。

「一応、代行なので、けじめはつけませんと」

姉の指先を躱しながら、ペイスは領主代行としての職務をこなす。

「……ペイス、一応聞いておくけど、〝捕まえるまで〟は子供たちで行動することになるのよね」

ふと、ビビが意味ありげな言葉を口にする。

捕まえるまでは子供達で行動するというのは、つまるところ〝まだ捕まえられません〟という言い訳の下で、子供たちを自由にさせてあげて欲しいという母親の願望だ。

元より不羈(ふき)の精神に富むモルテールン家出身者として、折角のお祭りは楽しませてやりたいという思いがある。何より、自主性を育んでやることで、ペイスのようになるかもしれない。他ならぬ弟が自由気儘に育ち、それでいて先ほどの様に立派に大人とやり取りする様を見ているのだ。それにあやかりたいと思うのは親としては間違っていない。

「子供がついうっかり迷子になってしまったのです。〝保護するまで〟は、どうあってもうちの管轄外ですよ。親の監督不行き届きです。犯罪を起こす輩が出ないようにするのはうちの仕事ですし、保護のために尽力はしますが……〝夜までは保護できない〟かもしれません。そこはやむを得ない事情でしょう」

やはり姉弟。言いたいことは以心伝心で伝わる。お祭りで回りを大人にガチガチに固められて束縛されるなど、望ましいことではないのだ。少なくともモルテールン家はもっと自由に伸び伸びとさせるのが信条。郷に入っては郷に従えだ。

「そう。偶には、羽目を外してもいいかもね」

つかず離れずで護衛することになる部下たちは苦労が増えるかもしれないが、子供たちが楽しめる方が優先。ビビはそう決断した。毎度のことながら、ハンスは溜息をつくしかない。

「雨乞いの為の祭りです。雨乞いの儀式は夜になってから。夜通しやるつもりですので、子供たちは明るいうちに楽しんでおく方が良いでしょう」

「ペイスもまだ子供じゃない」

「僕はもう成人していますから。……だから、子ども扱いは止めてください姉様」

姉の言うことを素直に聞いてくれるところが、まだまだ可愛い弟であるように感じたビビ。ありがとうという感謝の気持ちを込めて、ペイスの頭を撫でくり始める。ペイスが嫌がろうとお構いなしなところは、母から受け継いだ伝統である。

「うんうん、分かった分かった」

「分かってないじゃないですか」

結局、髪型が三つ編みで出来たライオンヘアーになったところで、ペイスは諦めの境地に至った。

踊り

少年が、祭りの中を興味深げに進む。次期ハースキヴィ家当主となるべき少年は、日頃他所の領地に出向くようなことが無いため、物珍しさであっちをきょろきょろ、こっちをきょろきょろと忙しない。

「オリバー、見てみろ。ボールがうねうねしてるぞ」

少年が、一つの出し物に目を止めた。屋台と屋台の間のスペースに人が居り、二十個以上の球を体の上で転がしている。腕や肩、時には身体をお辞儀の様に倒しながら背中や腰の上に球を移動させる芸。流れるような動きが止まることなく球を動かしていて、素人目に見ても大層な芸であると分かる。かなり目を惹くからだろうが、芸人の前に置かれた小箱には硬貨がそれなりに放り込まれている。誰が入れたのか、複数枚の銀貨まであることを思えば、相当に大儲けしていることになる。

「若様、あれは大道芸人です。球を使った芸の一つで、ああやって複雑な動きを修練で身に付けるのです」

少年は、自分が引っ張ってきた少女の説明に、ふんふんと頷く。

「俺も出来るか？」

幼い年頃というのは、何でも自分でやりたがる。出来もしないだろうという大人の常識論は通用しない。面白そうで自分も出来そうだからやってみる、という主張を訴えるものだ。

勿論、その要望の殆どは失敗という結果を伴うものである。

少年に事実を突きつけ、お前には出来ないと言えれば話は早いのだが、そこは少女も世慣れた年上。幼い男の子を傷つけないよう、あくまで婉曲に言葉を紡ぐ。

「出来るとは思いますが、その為には厳しい訓練を何年も続けねばならないでしょう。それよりは、剣術を修める方が良いと思います」

出来る。ただし、剣術並みに厳しい訓練を長期間せねばならない。なるほど、嘘偽りは一切含まれていない。しかし、内容自体は今は出来ないと言っているも同じだ。少女なりに色々と気を回した言葉遣いだったのだろう。

少年は、そんな気遣いなど全く気付かず、文字通り出来るのだと喜んだ。しかし、そのあとの剣術という言葉には顔を顰める。

「剣術は嫌いだ。父様に叩かれる」

「痛みを伴わない経験に意味はない、とおっしゃっておられますね」

ハースキヴィ家は軍家である。軍人としての力量あってこそのお家柄であり、次期後継者足らんとするならば当然武勇が求められる。ましてや、子供の人権だの虐待だのが概念すら存在しない社会だ。子供に武術を教えるのに、実地をもって教えるというのは極々ありふれた教育法である。

実際に子供に真剣を持たせて、マジ物の切り合いをいきなりやらせるような頭のおかしい教育をしている家もあるのだ。それに比べれば、子供に木刀やら模造剣を持たせて、危なくないようにして訓練するのは優しいぐらいだ。筋の悪い動きをしたときに、頭を小突いたり、軽く体に当てる程度はお遊びのようなものである。

そんな超スパルタ教育を知らない身からすれば、毎日へとへとになるまで剣を振らされ、時にはたんこぶを作られる訓練というのは、嫌で嫌で仕方がないものだろう。

嫌なことは、思い出さないに限る。

楽しいことを続けるために、祭り見物に戻る少年。

「あ、あっちは何だ？」

早速、次の面白いものを目ざとく見つけた。駆け寄ったのは一軒の屋台だ。何故面白いと思ったかといえば、そこだけ人だかりができており、しかも大きな看板が飾られてあって目立っていたから。他の屋台は精々が腰ぐらいまでの立て看板しかないのに比べ、この屋台だけは屋台の屋根の上に人の背丈ぐらいの大きな看板を上げていた。

「ボンカ飴と書いてありますね。お菓子でしょうか？」

村に居ればどこに居ても見えるだろう、と言わんばかりの巨大看板。少女は、恐らくこの看板がモルテールン家の魔法で描かれているのだろうと察する。ここまでデカい看板が、僅かな時間で用意できるとするなら、それはそれで看板自体が良い宣伝になるだろう。

そのうえで、看板の内容に多くは目を惹かれ、何があるのかとやってくる。実に上手な商売をするものだと、感心するほかない。

「食べたい。一つくれ」

「坊ちゃん、お金はあるのかい？」

「お金？」

屋台でりんご飴ならぬボンカ飴を作っていたのは、厳ついおっさんだった。というよりも、女性が屋台に居ると、色々なトラブルを呼び込んでしまいがちな社会であるため、お金や高級品の砂糖菓子を扱う屋台の従業員は、屈強な力自慢にならざるを得ないのだ。

ただで飲食しようとしたり、或いは砂糖の貴重さを知らずに買って手持ちがないなどというトラブルも起きうるわけで、それを防ぐのも屋台従業員の大きな役目である。

勿論、相手が子供でも手を抜かない。ナータ商会謹製の屋台は、にこにこ現金一括前払いが大原則だ。

「おいおい、金を知らないってどこのお坊ちゃんだ？　金が無いなら、これはやれないな」

手持ちが無いなら、ボンカ飴を渡すことはできない。美味しそうで甘そうな匂いでよだれが溢れそうになっている少年であっても、例外は無いのだ。

「ええ!!　俺、これが食べたい!!」

「若様、物を買うには、お金が要るんですよ」

貴族家の嫡男といえば、何不自由なく育ってきたボンボンである。お坊ちゃまである。

ハースキヴィ家はさほど裕福とは言えない弱小貴族家だったとはいえ、自分たちの領地内では基本的に財布など使わない。欲しいものがあっても、欲しいといえば余程の無茶でない限り献上される。領地丸ごと自分の所有物、という感覚の貴族であれば、領民のものも自分のものと言い出すし、それが当然という人間は一定数存在するのだ。

個人商店のオーナーの息子が、店の商品を一つ二つ欲しがったところで、店の従業員が金を取らずに内々で処理するような感じだろうか。

商業が発展し、商取引が当たり前になっている先進的な都会でこそ、お金というのは頻繁に流通するものである。田舎だと物々交換が主流で、領主家は権威や権力を交換材料にすることが多いという話。

つまり、少年はお金を一ロブニも持っていない。

「じゃあオリバー、お金くれ」

「私も慌てて出てきたので、手持ちがありませんよ」

「じゃあどうするのさ」

「えっと……」

少女は、困ってしまった。

ここがハースキヴィ領であれば、少女も領主の養女、それなりの権力がある。店の人間におねだりすることも出来ようし、何ならツケにしておいて後払いぐらいなら確実に応じてくれるだろう。

しかしここはモルテールン領である。ハースキヴィ家はお客さんなのだ。

「あ、護衛の人に借りるとか？」

ふと、思いついたことを口にしてしまったオリバー。これはどうやら失策だったらしく、少年がきょろきょろと辺りを見回し始めた。

そして見つけてしまった。こっそりと遠巻きに自分たちを見つめる、〝若様捜索中〟のはずのハースキヴィ家の見知った顔を。

「あっちに居る!!　かくれんぼだな。捕まえたらお金貰うぞ!!」

「若様!!」

おもちゃを見つけた犬の如く、ダっといきなり駆け出した少年。幼い年頃の男の子なんて言うものは、元気が腐るほど有り余っているわけで、突然走り出すなど当たり前である。

オリバーは、そんなことは全く知らなかった。ただ、遅れて少年を追いかける。

「ちょっと、ま、待って!!」

小さい子供が、祭りの雑踏の中に消えていく。すいすいひょういひょいと、人ごみの中は小柄な体躯は便利なのだろう。一般的な十代のオリバーは、それを追いかけるのに四苦八苦。すいません、通してください、ちょっと待ってください若様、と追いかけるのだが、如何せん押しの弱い少女ではなかなか追いつけない。

「ふうふう、あ、駄目。もう若様は任せました」

やむなく、護衛として遠巻きにしていた家中の人間に、若様の側付きという仕事を丸投げすることになる。これはもう仕方がない。

ごくごく一般的な女の子でしかないオリバーは、体力お化けな、どっかのお菓子馬鹿とは違うわけで、少し追いかけっこをしただけで息が上がっていた。

「お水を一杯だけ貰おう……あれ？　蓋がついてる。うんしょ」

勝手知ったるというべきだろうか。オリバーは、井戸を見つけて水を飲もうとする。井戸に蓋がついているのは、きっとゴミ除けとかだろうと考え、重たい蓋を外す。中を覗けば、ちゃんと水はあるらしいと分かった。

「ええ、結構深い井戸かも」

井戸の深さは、若干深め。女の細腕で水を汲むのは、ちょっとばかりしんどい感じの深さだ。日頃は動滑車のようなものもあるのだが、今日に限ってはそれが外されているのだが、オリバーは普段を知らない。

「きゃあ!!」

そして、水を汲んで重たくなった桶に、体を引っ張られた。実際、桶とは言っても水を並々と汲めば、十キロや二十キロ程度の重さにはなるのだ。

日頃水汲みも下働きの人間がやってくれる貴族家の子女としては、不慣れなことだったらしく、疲れていたこともあってついうっかり、井戸に体を引き込まれてしまった。

バシャンと大きな音がする。しかし、祭りの喧騒では誰も音に気付かない。

「あいたた。何よもう。最低ね」

体を擦りながら落ちてしまったオリバー。つい悪態をついてしまう。お嬢様教育をしているばあやが居たなら、きっとお叱りを受けていた言葉遣いだろう。

「誰かあ!!　おおい!!」

落ちてしまったからには登らねばならない。しかし、結構な深さのある井戸から上がるには、少女は非力すぎた。

そして、盛んに声を上げるものの、お祭りの賑やかさには負ける。厳つい連中や、商売熱心な人間が、至る所で呼び込みをしているのだ。ちょっとそこの兄さん寄っていって、さあ、寄っていって見ていって、おおい、今がお買い得だよ。誰もかれもが人を呼ぼうと必死に大声をあげているのがお祭り。少女が助けを呼ぶ声も、より大きな呼び込みの声に紛れてしまう。

「どうしよう……」

オリバーは、ぐすっと涙ぐむ。

このまま助けが来なかったらどうしよう、とも考えてしまった。

お腹もすいてきた。水に濡れて気持ち悪い。それにずぶ濡れの体が冷たく感じるようになってきた。

「ん？」

だが、オリバーにも希望の女神はやってくる。いや、女神というより三羽烏だろうか。

「誰か来た。よし、これで!!」

助かる。桶がひゅうと投げ込まれたことで、オリバーはそれをぎゅっと握った。

「うぃいひっく。何だこの井戸。結構重たいぞ」

「ヘタレめ。たかが水桶一つ上げるのに、ひ弱な奴だ」

「うるへえ。酔ってるから力が入んないんだって。多分」

酔っ払いが、オリバーごと水桶を持ち上げようとしている。

素面ならすぐにも変だと気付きそうなものだが、三馬鹿トリオは酔いのせいで気づかないままオリバーを引き上げた。

そして、自分たちが少女を釣り上げてしまったことに、現実感を持てないでいる。

「助かりました」

オリバーは、酔っ払いたちに礼を言った。

とりあえず助けてもらったのは事実である。井戸に落ちてしまったという恥ずかしい失敗はともかく、引き上げてもらったことには感謝だ。

「おお、なんか分らんが女の子が取れた」

三馬鹿は、酔いの回り切った頭で、少女を見る。

「ってことは、この子は俺らのものだ!!」

「きゃあああ!!」

そして、何故か女の子は〝釣り上げた〟自分たちのものに違いないという、斜め上の結論に達した。

これには意表を突かれたオリバーも悲鳴を上げる。

襲い来る酔っぱらった男が、三人。何という悲劇だろうか。

オリバーは、恐怖のあまり体が固まってしまう。

ぐひひ、ぐへへへと手を伸ばす男たち。

「この酔っ払い野郎共!!　女性に何をしてるんだ!!」

スパン、と景気のいい音が、酔っ払いの頭から発生した。

少女の悲鳴を聞き、助けに入った救いのヒーローが現れたのだ。

「痛ええ!!　ってあれ？　プローホル？」

三馬鹿を引っ叩いたのは、祭りの総責任者にして本日の警備責任者のプローホルだった。あれほど酔っ払いすぎるなと言ったにもかかわらず、女性に迷惑を掛けているとなれば問答無用である。

「ただでさえ忙しいのに、お前らが率先して揉め事を起こすんじゃない!!　同僚でもしょっ引くぞ」

井戸から汲んだばかりの水を、男たちに掛けていくプローホル。これで酔いを覚まさねば、本気で捕縛の上懲罰を課すところだ。

「違うって。井戸から女の子が湧いてきたんだって。これって俺らへのご褒美じゃん」

「酔いを醒ませ。井戸から人が湧いたりしない」

酔っ払いたちは、流石に懲罰が怖いのか、言い訳を始めた。

盛んに、女の子は湧いて出てきた産物だと言い出す。そんなわけあるかと、プローホルは三馬鹿の言い分を切って捨てた。

「そうなのか？　でも、雨乞いで雨が降るならさ、女日照りに女が降ったりするかもしれないじゃん」

だが、三人にも三人なりの言い分がある。酔っぱらってまともな思考力を無くしているとはいえ、あり得ないことが起きたのは事実なのだ。

日照りに雨を呼んで雨が降るならば、女日照りに女を呼べば女が湧くのも不思議じゃない。などと言い始めた。どういう理屈だと、プローホルはもう一度水をぶっかけた。

「そんなことあり得ないって常識で考えれば……ああ、そうか。はあ。ほんと、酒は飲みすぎるなよ。井戸に人が落ちたと通報があったんだ。彼女がそうだろう。つまりお前らは、事故で井戸に落ちたこの子を襲おうとしてたんだよ」

常識で考えろ。常識で分かるだろ。

この言葉は、ことモルテールン家でだけは通用しない。他ではいざ知らず、常識だの固定概念だのといったものを、ことごとく壊してきたのがモルテールン家なのだから。

案外、モルテールン家であれば何も無いところから、自分たちの欲しいものを生み出してしまったとしても、そんなものかと思えてしまう。酔っぱらっていたなら尚更。

思考が柔軟だと褒められるべきなのか。

仮に思考自体を褒められたとしても、やってしまったことはタダの暴行未遂である。

「マジか……ごめんよ。封鎖してある井戸を使うなんて、俺らぐらいだと思ってたから」

酔いが醒めてきたのか、最初にトールが謝罪の言葉を口にした。

それにつられ、残りの二人も頭を下げる。

「いえ、あの、私も不注意なところがあったので」

オリバーは、大の男が頭を下げたことで、また自分を助けてくれたこともあって、三人に対して全てを水に流すことにした。

「とりあえず、彼女は自分が送り届けるから、お前らは酔いを醒ましておくんだね」

阿呆な三人を連行することも考えたが、それよりもまずすべきことは、不運に見舞われた少女を保護することだ。お客様に何かあってからでは、モルテールン家の面目丸つぶれになる。

馬鹿が濡れたまま風邪をひいたとしても、それはもう自業自得だとプローホルは考えた。

「へっくしゅ」

「ああ。まずは着替えた方が良いのかな」

少女は、井戸に落ちて濡れそぼっていた。一応出来るだけの水気は絞ったが、それでも湿った服を着ていることには変わりがない。

そして、着替えろと言われても困ってしまう。まさか井戸に落ちて濡れてしまうことなど想定していなかったので、着替えなど持ってきていないのだ。

「着替えなんて……」

再び、困ってしまったオリバー。着替えもない。しかし、このままでは明らかに拙い。くしゃみが出てくるだけでも、病魔の足音が聞こえてきそうだ。

そんな少女を、さりげなく助けたのはプローホルだった。

「じゃあ、火の傍に行こうか。風邪をひく前に、体を温めた方が良い」

とりあえず自分の上着を掛けてやる気遣いもさることながら、より建設的な意見をすぐに出せるところが地頭の良さなのだろう。

今広場に行けば、あたる火に困ることは無い。煌々と燃える劫火の前であれば、多少の湿り気などはすぐにも乾くとプローホルは太鼓判を押す。

これは、オリバーにとっても大きな救いであった。

「ああ、火が燃えてる」

広場では、既にキャンプファイヤーが空を焦がしていた。ちょっとした建造物ぐらいはありそうな高さの炎。これは準備を取り仕切ったプローホルからしても壮観な眺めだった。

「じゃあ、火の傍に」

「ありがと」

少女をエスコートし、火の傍の一角を職務権限で確保したプローホル。こういった融通を利かせやすいのなら、権力万歳である。

火の回りに集まっていた領民たちも、モルテールン家従士という立場のプローホルには場所を譲っていく。ぽっかりとスペースが空いたところで、少女と合わせて座り込んだ。

プローホルの上着は、今は少女の座布団である。

「……大分、服も乾いたかな？」

「ええ。もう大丈夫」

しばらく、両面焼きグリルになっていれば服も乾く。

むしろ、熱さで服を脱ぎたいぐらいだとオリバーは笑った。

「すっかり暗くなってしまったかな」

「そうね」

服も乾ききった。その場から、離れてもおかしくは無かった。

しかし、プローホルも、オリバーも、何故かその場を離れようとしない。じっと火を見ていると、不思議な安心感があった。

「おや、プローホル。捜しましたよ。オリバー嬢も」

「ペイストリー様」

ちょっとばかり雰囲気を作っていた若者二人に、声を掛けた無粋な人間がいた。誰あろう、ペイストリーである。

息子は戻って来たのに、オリバーが戻ってこないとのハースキヴィ準男爵の話から、少女の捜索を行っていたらしい。祭りの取り仕切りを任せていたプローホルに指示を出そうと思ったが見当たらず、自分で率先して動いていたとのこと。この辺の行動力の高さは流石というべきだろう。

探していた女の子を見つけたことで、ペイスも安心した。そして、二人の間を視線が何度か往復し、ちょっとばかり考え込んだ。

そして、おもむろに妙な提案をする。

「ちょうどよかった。二人とも、これから一緒に踊りませんか？」

「はい？」

プローホルとオリバーに、揃って踊れと言い出した。これにはプローホルなどは目が点になる。

「古来、雨乞いには男女が混ざって一緒に踊るのが良いとされています」

「そうなんですか？」

「そうです。ボン・オ・ドーリはそういうものです。さあ、ご一緒に!!」

そうなのかも何も、この世界で初めて行われることなのだ。ペイスが言ったならそれ即ち正義である。言ったもの勝ち。

誰かが踊らねば、周りの皆が踊るということもない。ペイスが一人踊っていても、それを見守るだけになりかねない。ならば、踊りに皆を巻き込んでしまえ。

ペイスは高らかに宣言し、踊り出した。皆も一緒に、と声を掛けながら。一人、また一人と、踊り出す領民が増える。

楽し気な踊りの輪の中。気恥ずかし気に踊る、二人の若人の姿があった。

病は気から

「オリバーの様子がおかしいですって？」

「ああ」

モルテールンのお祭りから戻ってすぐのこと。ハースキヴィ家に対して、耳聡い連中からモルテールンの祭りのことに問い合わせが殺到していた頃。なるほど、これが狙いで招待していたのね、と溜息を吐いていたビビの元へ、夫が相談を持ち掛けてきた。内容は、養女のオリバーについてだ。

どうやら、モルテールンから戻って以降、明らかに様子がおかしいという。

「どんな様子なの？」

「うむ。どうも風邪をこじらせてしまっているのではないかと思っている」

「風邪？」

夫の見立てでは、オリバーは体調不良なのではないかという。

恐らく風邪だろうと思われるのだが、生粋の軍人であり、医者でもなければ学者でもない準男爵としては、自信を持てないでいる。

その点、モルテールン家の高い教育を受け、ペイスなどから衛生観念や予防治療について聞き齧っているビビの方が、病気については詳しい。

だから相談に乗って欲しい。出来れば病気の診断をした上で、適切な治療をしてやって欲しいというのが相談内容だ。

ビビとしては、別に忌避するものでもないので、オリバーの様子について聞こうと耳を傾ける。

「モルテールンの祭りに顔を出したとき、井戸に落ちたと言っていただろう」

「ええ」

「それで体を冷やしたのだろうな。最近、顔をよく赤くしている。熱があるのだろう」

「へえ」

風邪の初期症状として、最も顕著で分かりやすいのは発熱だろう。

人間の基本的な平熱から一度から二度高くなるのが一般的。これが平熱から三度以上、或いは摂氏四十度を超えるようなら、風邪という疑いは捨てるべきだ。インフルエンザのように、重篤な別の病気で発熱していると見た方が良い。

オリバーの場合は、どうも顔が赤くなる程度で済んでいる。だから、風邪ではないかとハンスは言う。

「時折、どこか熱に浮かされたようにぼんやりとしている様子も見られる」

「そう」

　他にも、風邪の症状としては倦怠感がある。

　熱からくることもあるのだが、体が免疫によって病と闘うとき、常人の想像以上に体力を使う。体の活動エネルギーが病原体と闘うことに費やされるため、平時とは違った感覚になる。体を動かすのが怠く感じたり、体の節々が痛くなったり、妙に腕や足が重たく感じたり。それらが総合として襲い掛かり、総じて倦怠感という形で表出する。

　やはり、これも風邪ではないかという疑いの元であろう。

　ハンスの言葉に、ふんふんと頷くビビ。

「胸の動悸を訴えているという報告もあった。私としては、風邪から続けて何か重い病気に罹ったのではないかと心配している」

　ここが、どうにも風邪と断じきれない理由だとハンスは言い切った。

　風邪の場合、熱が高くなることや、体に重さを感じることは良くある。しかし、脈が速くなるというのは風邪の症状としてはあまり聞かない。

　無いわけではない。と思うのだが、ハンスとしてはこれこそ他の病気の診断に繋がる症状ではないかと危惧しているのだ。

　しょっちゅう顔を赤らめ、時折ぼんやりしていて、胸がドキドキしている。これを風邪だと危惧するハンス。

真面目に聞いていたビビとしては、女の直感でピンとくるものがあった。

「ふふ、ふふふふ」

「ん？　何故笑う？」

「あなたは本当に鈍感さんね」

男ってのはしょうがないわね、とビビは内心で思う。

これほど分かりやすい材料がずらっと並んでいて、それで気づけないというのだから鈍感と言わずに何というのか。

「どういう意味だ」

「オリバーは病気じゃないわよ」

「何？」

「……いえ、ある意味病気なのかしら。でも、オリバーの病気なんて、すぐに分かるじゃない」

ハンスは、ビビの言葉に困惑する。

病気じゃないと言いつつ、病気だという。すぐに分かるといわれても、いったい何のことかさっぱり理解できない。

これで分かるというのは、医者でもなければ無理じゃないか、と男は考える。

「……分からん。風邪や肺炎ではないのか？」

ハンスが危惧するところは、オリバーが重篤な病気、それも他人にうつる病気になっていることだ。

ハースキヴィ家は軍家であり、ハンス自身も軍人。戦場に立った経験もあり、行軍も幾度か経験していた。軍家の人間には、経験則から導かれ、口伝で伝わる教えがある。

死体を放置するな、というものだ。

軍人である以上、時に人を殺し、或いは殺される。結果出来上がるのが産地直送の死体である。人一人、死ねば何十キロもの肉の塊となるわけで、これを持ち運ぶのはかなり重労働。だから、出来ればこういった死体の処理はしたくない。嫌悪感もあるし、何より非常に労力を消耗する。

だが、死体を放置することで、健常者が病気に罹りやすくなると教わっていた。

死者の怨念が残っているとも、死神がやってくるからだともいわれているが、病気が蔓延しだすと、人から人に病気がうつることはハンスも知っている。

オリバーが、モルテールンで病気を貰ってきたのではないか。それがハースキヴィ領でも広まるのではないか。これは、領主として、また娘を大事にする父として、気にして当然のことだろう。

「あの年頃の女の子なら、誰でも罹る病気よ」

「やっぱり病気なのか？」

病気だとしたら、どんな病気か。

風邪でないとして、他人にうつるものなのか。

ハンスの反応に、ビビとしては笑いを堪えるのが大変である。

「病気よ。恋っていう病ね。あの子もお年頃よね」

「はあ？」

思ってもみなかった妻の言葉に、顎を落とさんばかりの勢いで口をパクパクさせるハンス。

いよいよもって、おかしさを堪えきれずにケタケタと笑うビビ。

何とも異様な光景であろう。

「相手は誰かしら。お祭りで出会って好きな男の子が出来るなんて。あの子もハースキヴィの子だったのねえ。ねえ、あ・な・た」

「む……」

結局、ビビが落ち着くまで数分はかかった。その間、笑い続けたものだから目じりのあたりに涙まで浮かんでいる。

笑いが落ち着いた辺りで、ビビは夫に「オリバーもハースキヴィの子らしい」と言った。これには、夫も口ごもってしまう。

オリバーは、ハースキヴィ家の重臣の子である。いや、だったと過去形で語るべきなのだが。

長い歴史のある貴族家では、分家が出来ることや、重臣に子が嫁ぐことも珍しくなく、家中まとめて一つの親戚みたいになることもありふれている。ハースキヴィ家もご多分に漏れず、幾つかの家は臣籍であると同時に親戚である。オリバーの両親も、ハースキヴィ家の遠い親戚であり、だからこそ主家であるにもかかわらず、養女とすることが出来たのだ。

ハースキヴィ家の血を、オリバーも引いている。ハンスとも、親戚ということだ。

血は争えない、などという言葉もあるが、お家の雰囲気というのか、伝統的に培った気質というのか。割と共通点を持っている者が多いのも、こういった近しい人間同士の特徴。

つまり、ハンスにも〝祭り〟で相手を見初めた過去があるということだ。

見初めた相手が誰であるのか。

そんなものは、今結婚している相手が誰であるかを考えれば自ずから答えが出る。

妻の揶揄いに、夫は赤面の至りだ。

「だから、心配いらないわよ。心配するだけ損だもの」

「そうか。お前がそういうなら安心だ」

慌てたように、話を転換し、終わらせようとするハンス。

これ以上自分に攻撃が来ては、恥ずかしさのあまり倒れてしまいかねない。若かりし頃の情熱とは、年を取ってからの羞恥でしかないのだ。

「ええ、安心。貴方は昔から変に心配性なところがあるのよ」

「そうか？」

「ええ。しなくてもいい心配事で、悩みがちよ。もっと大らかに生きた方が楽だと思うわ」

変なことや、妙な方向に気を回すぐらいなら、もっと気楽にした方が良いとビビは言う。

心当たりがあるのか、ハンスは思い当たる人物のことを口にした。

「おまえの弟みたいにか？」

「あれは別格よ。あの子はもう少し自重と自制を覚えるべきね」

「ははは」

お気楽のお手本とは誰か。ハンスからしてみれば、毎日を楽し気に生きている意味において、ペイス以上の人物を知らない。

しかし、だからと言ってお手本になるかといえば、それも少し違うとビビは考える。我が弟ながら、物には限度があるのだと教えてやりたい。

最近の忙しさの八つ当たりから、厳しく自重を教え込むべきだと考えていた。

「そうだな。私も、心配性だという自覚はある。色々と思い悩むことも多いが……気にしないことにするか」

「そうね」

物事、深く考え込んでも良い考えが出るとは限らない。

自分の力ではどうしようもないことや、思い悩んでも取れる手段がないようなことは、煩悶するだけ損である。

お気楽なことが得意なビビと、心配性なハンス。足して二で割ればちょうどいいかもしれない。

そんなハンスは、ふと自分が強く懸念していたことを思い出す。

「モルテールンの祭りで〝魔の森が騒がしい気がした〟のだが。これも心配性が過ぎるのだろう」

ハースキヴィ準男爵の懸念は、モルテールンに伝えられることは無かった。

あとがき

はじめに、この本を手に取っていただいた読者の皆様、並びに関係各位に深くお礼申し上げます。

既に十四巻という巻数を重ねましたが、皆様のおかげである事実を噛みしめてこのあとがきを書いています。本当にありがたい話です。

この巻では、いよいよチョコレートが出ます。

キャロブのような代替品でなく、本物のチョコですね。

ウェブの感想であったり、漫画へのコメントであったりで、時折チョコレートについての言及がありました。お菓子の王様ともいえるチョコが出てくるまで十四巻掛かるってのも、この作品らしさかなあと思っています。別に意地悪して出してなかったわけでなく、話の流れとか、出すタイミングでして。チョコ出しちゃうと、本当にインパクトがデカいから、それにマイナーなお菓子が持っていかれちゃう。チョコの後にクッキーを出して、クッキーが大人気、みたいな話は作りづらいわけなんです。チョコの方が売れるだろ、という違和感が出てしまう。だから、今まで出せなかったんですよ。

制作裏話ですね。

あと、書籍では分かりづらいと思いますが、補足しておくならばペイスが手に入れるカカオは基本的に「発酵している豆」です。要は発芽しません。

船が帆船の世界ですから、何にせよ種を発芽する状態で運ぶ、フルーツを生鮮のまま運ぶ、というのは困難を極めるのです。カカオも一応フルーツですから。

発芽出来る種を手に入れられるだけの海運能力、高速帆船や安全な航路や正確な航海術を持っている家が、レーテシュ家というわけでして、カカオを育てられるモルテールン家とは相互補完の関係になります。

レーテシュ家としては、ボンビーノ家辺りがしゃしゃり出てくる前、自分たちだけが手に入れられるうちにモルテールン家に売りたい。

モルテールン家としては、レーテシュ家や他の家が栽培技術を手にする前に独占契約しておきたい。

お互いにＷｉｎ－Ｗｉｎですよね。

チョコレートについて調べていて、思っていた以上にデカい商売なんだと驚きもしました。まさか、お菓子一つで数兆円、数十兆円の経済規模とか思わないじゃないですか。ネタにした私も本気でびっくりです。

お菓子の王様、お菓子史を茶色に塗り替えたといわれるのは伊達(だて)じゃないですよね。

個人的には、ミルクチョコレートが好きです。

小さい時、法事なんかで親が買ってきていたアルファベットチョコを、こっそりつまみ食いしていた覚えがありまして。隠れながら食べる一口サイズのミルクチョコ。滅茶苦茶美味しかったのを今でもはっきり覚えていますよ。

美味しいは正義だと思います。


踊る阿呆に見る阿呆。書いてる私はただのアホ。

アホがアホなりに、精いっぱい書いているこの作品。

是非これからも、引き続き応援いただければ幸いです。

令和元年十月末日　古流望

原作：古流 望
漫画：飯田せりこ
キャラクター原案：珠梨やすゆき
脚本：富沢みどり

TREAT OF REINCARNATION

艶やかで
僕の食べたことのある
焼き菓子とは
まったく違う…
上に乗っている
赤茶色いものは
果物だろうか？
これは何です？
ペイストリー殿？
そのお菓子は
タルト・タタンという
ボンカの焼き菓子です
スクヮーレ殿の
ために
焼きました

ボンカ…？
ボンカを
焼いているのか？
ボンカに
そんな食べ方が
あるのか
ニコロ
皆さんにも
お配りして
はい
ボンカの
甘く爽やかな香りと…
焼き上げた生地の
香ばしい香り

自然と食欲が
湧いてくる
じゅわっ

これが…ボンカ!?
僕の食べたことのあるボンカはシャキシャキと実が固く甘みよりも酸味が強かったはず
ボンカを加熱することで酸味がコクとなり甘さの濃縮された味わいになっている……!
ピュレやゼリーとも違うこの不思議な食感
表面の焦げたようなカリカリとした部分と焼いたボンカのプリプリとした肉感
そしてタルトのサクサクとした食感との対比が素晴らしい……!
なんておいしいんだ!!

こんな
おいしいお菓子は
はじめて食べました…
光栄です
そういえば
この菓子には
謂(いわ)れがありまして
このタルト
実は失敗から
生まれた菓子
なのだそうです
え…？

失敗から…
生まれた？
ギュッ

あるところに
タルト作りの上手な
タタン姉妹という
姉妹がいました
本来タルトは
タルト生地の上に
果実を置いて
焼き上げるのが
主な作り方ですが
ある日焼型に
タルト生地を入れ忘れ
果物だけを焼いて
しまったそうです

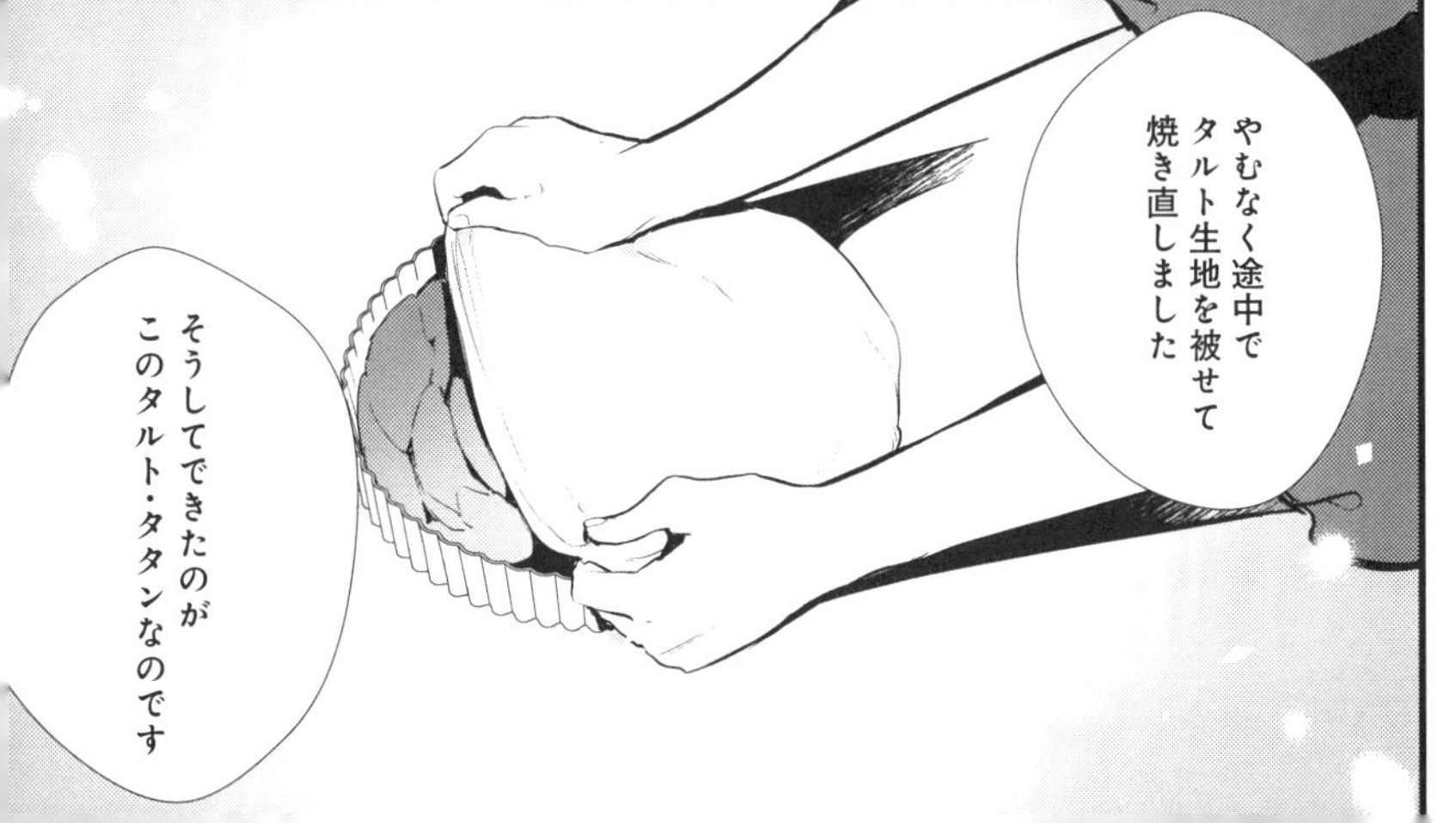
やむなく途中で
タルト生地を被せて
焼き直しました
そうしてできたのが
このタルト・タタンなのです

世の人は このタルトを 〝失敗作〟と 呼ぶかもしれません
手順を忘れ おまけに 取り繕おうとするなど 誰がどう見ても 大失敗です

しかし このタルトは もっと大事なことを 教えてくれる
傑作でもあると 僕は思っています
大事なこと…？

はい
それは
失敗を失敗のままで
終わらせてはいけない
ということです
もしタタン姉妹が
失敗に気づいた時
果物を捨て
正しい手順で
作り直していたら
このタルトは
生まれなかったでしょう

本来なら失敗作と
捨てられてもおかしくなかった
このお菓子を
今もこうしておいしく
食べてくれる人がいる
この失敗は決して
無駄ではなかった

タタン姉妹が
諦めずに調理したからこそ
このレシピが生まれたように
失敗してからでも
前向きな努力を
続けることが大事なんだ と
僕はこのタルトを
食べる度に
そう感じます
前向きに…
お前は
儂の跡を継ぐのだぞ
カドレチェクの
名を持つ自覚が
あるのか
失敗は
許されない
誰にも
隙を見せるな
お前は
人の上に立つ
人間なのだ!!

僕はカドレチェクの跡継ぎなんだ
ゆくゆくはもっと多くの兵を動かす立場になる
その時のためにもより強い軍師にならないと…！
ええ
先ほどよりは顔色がよくなったようだ

これで多少は
元気を取り戻して
もらえればと思います
うむ
初陣の傷心というのは
自分で乗り越えるしかない
私も若い頃
同じ経験をしたものだ
そうですね
僕も若い時は
似たような
苦労をしました
おやおや

卿の年では その言葉はまだ 早すぎる
もうあと20年は 必要だろうな

ともあれ ペイストリー卿には 礼をせねばならんな 今回の戦の報酬もある
何か 希望はあるかな? 遠慮せず何でも 言ってみるといい
えっ!? 何でも!?

ペイスは脳内の
欲しいものリストを
整理した

…よし
それでしたら閣下
是非とも欲しいものが
ございます
おお
何だろうか

僕の欲しいものは
搾汁機
ワイン用の搾汁機を
いただきたく存じます
!?
CORONA EX
続きは コロナEX にてお楽しみ下さい!
TObooks

ーズ累計120万部突破!（紙+電子）

TO JUNIOR-BUNKO

※第4巻カバーイラスト

イラスト：kaworu

TOジュニア文庫第4巻
2023年9月1日発売!

NOVELS

※第24巻カバーイラスト

イラスト：珠梨やすゆき

原作小説第25巻
2023年秋発売!

COMICS

※第10巻カバーイラスト

漫画：飯田せりこ

コミックス第10巻
2023年8月15日発売!

SPIN-OFF

※WEB連載バナー

漫画：桐井

スピンオフ漫画第1巻
「おかしな転生~リコリス・ダイアリー~」
2023年9月15日発売!

広がる
コミックス 第四部
貴族院の図書館を救いたい! Ⅵ
漫画:勝木光
好評発売中!
新刊、続々発売決定!
コミックス 第二部
本のためなら巫女になる! Ⅸ
漫画:鈴華
好評発売中!

小説
第14巻
2023年 秋
発売!
シリーズ累計
120万部
突破!
(紙+電子)
TVアニメ放送開始!
帝国物語
餅月 望──著
Gilse──イラスト
式HPへ!
原作HP
TVアニメHP

Comics
ティアムーン帝国物語
ティアムーン帝国物語
ティアムーン帝国物語
ティアムーン帝国物語
ティアムーン帝国物語
漫画：杜乃ミズ
コミックス
第7巻
2023年 秋
発売！
2023年10月より
MBS・TOKYO MX・BS11にて
ティアムーン
断頭台から始まる、
姫の転生逆転ストーリー
詳しくは公

（電子書籍含む）

累計 120万部突破！

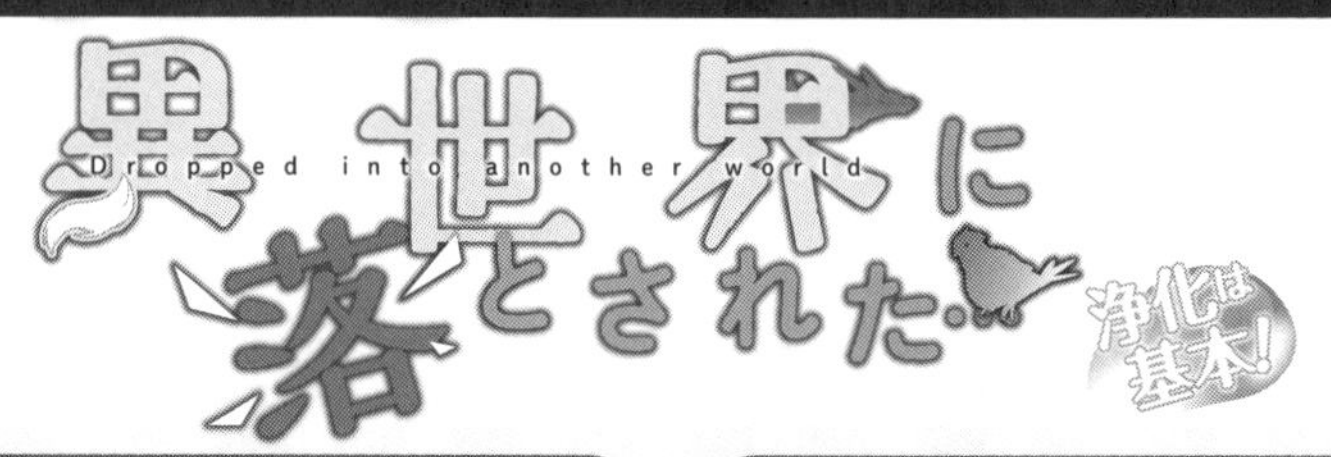

原作最新巻

第⑧巻 8/10発売！

イラスト：イシバシヨウスケ

コミックス最新巻

第④巻 8/15発売！

漫画:中島鯛

ポジティブ青年が
無自覚に伝説の
「もふもふ」と戯れる！
ほのぼの勘違いファンタジー！

お買い求めはコチラ ▶▶

（第14巻）
おかしな転生XIV
空飛ぶチョコレート・パイ～Pie in the sky～

2020年2月 1日 第1刷発行
2023年6月20日 第2刷発行

著　者　**古流 望**

発行者　**本田武市**

発行所　**TOブックス**
〒150-0002
東京都渋谷区渋谷三丁目1番1号　PMO渋谷Ⅱ　11階
TEL 0120-933-772（営業フリーダイヤル）
FAX 050-3156-0508

印刷・製本　中央精版印刷株式会社

ISBN978-4-86472-895-9

Printed in Japan

TREAT OF REINCARNATION